Das Grauen kehrt zurück

Gerkoop Mannhard

DAS GRAUEN
KEHRT ZURÜCK

Eine nicht ganz alltägliche Kriminalgeschichte

© Mai 2005 • Gerhard Koopmann
Satz und Layout: Gerhard Koopmann
Umschlaggestaltung: das druckhaus, Bremen-Vegesack
Umschlagfoto: photo maack, Bremen
Herstellung und Verlag: Books on Demand GmbH, Norderstedt

ISBN: 3-8334-3029-X

Dieses Buch erscheint im Mai 2005.

Ein besonderer Gruß gilt meiner Nichte Karen
am Tag ihrer Hochzeit mit Carsten.

Meiner Schwester Waltraut
danke ich für ihre Unterstützung.

„Nach 40 Jahren! Wieder ein Toter ohne Kopf in der Lesummündung aufgefunden, steckt die Drogenmafia dahinter?"

Lydia Brock hatte gerade die erste Zeile der Pressemitteilung,
die über das Faxgerät einging, lesen können, als ihr Mitarbeiter
und Partner Klaus Scheller in das Zimmer herein gestürmt kam.
Sie schaffte es gerade noch einen für ihn geschriebenen Brief un-
ter ihrem Pullover verschwinden zu lassen.
Scheller begrüßte sie scheinbar gut gelaunt mit einem fröhlichen
„Hallo, was gibt es Neues?"
Er stellte sich neben sie und las das Fax gemeinsam mit ihr zu
Ende.

„Am Dienstagabend wurden zwei Spaziergänger auf ein seltsam aussehendes Bündel, das an der Kaimauer in der Nähe des
Liegeplatzes des Schulschiffes angeschwemmt war, aufmerksam.
Die herbeigerufene Polizei fischte das Bündel auf und fand eine
etwa vierzigjährige männliche Leiche ohne Kopf. Näheres war
nicht zu erfahren, von der Behörde wurde sofort eine Nach-
richtensperre verhängt. Was steckt dahinter? Unser Team wird
weiter recherchieren!"

„Warum schickt uns die Kripo aus Bremen denn dieses Fax, das ist doch bestimmt ein Irrläufer, oder?"

Scheller sah zu seiner Partnerin hinüber, die Skepsis in seinem Blick war eindeutig.

„Kann sein, ich weiß auch nicht was das soll."

Sie wollte sich abwenden, um zu verhindern, dass Scheller bemerkte, wie ihr die Röte ins Gesicht fuhr, aber daraus wurde nichts. Denn der kannte seine Partnerin viel zu genau, er bemerkte ihre Unsicherheit und hakte sofort ein.

„Lydia, was geht hier vor? So ein Fax kommt nicht von ungefähr hier auf unserem Gerät an, und so wie du reagierst! Ich bin sicher, du weißt mehr darüber, also raus mit der Sprache!"

Dabei sah er sie eindringlich an, nur kurz konnte sie seinem Blick standhalten und versuchte sich heraus zu winden.

„Später Klaus, ich muss jetzt ...!"

„Nichts da später Klaus, raus damit!"

Genau diese Reaktion hatte sie erwartet. Das war auch der Grund für ihre Entscheidung, dieses Angebot aus Bremen anzunehmen, und auf die dort freigewordene Kommissariatsstelle zu wechseln. Nur leider wusste bisher nur Bartels, der Leiter ihrer Abteilung davon. Mit ihrem Partner und Freund Scheller hatte sie noch nicht darüber gesprochen. Wenn sie ehrlich war, musste sie eingestehen, einfach zu feige gewesen zu sein, die Sache vor ihrer Entscheidung mit ihm zu besprechen.

Es war wohl die Angst davor, er würde mit allen Mitteln versuchen, sie davon abzubringen, und das wollte sie auf keinen Fall. Der Konflikt, in dem sie sich befand, war, dass sie sich vor drei Jahren bei ihrem ersten großen Fall, den sie gemeinsam gelöst hatten, in ihn verliebt hatte. Nur leider war nicht das daraus geworden, was sie sich erhofft hatte.

So sehr sie es gewünscht hatte, waren sie sich doch nie so nahe gekommen, als das daraus eine echte Beziehung geworden wäre. Sie wusste bis heute nicht warum, was nicht bedeutete, dass sie sich sonst gut verstanden und befreundet waren.

Ihre berufliche Partnerschaft war hervorragend, sie galten im Kommissariat als echtes Spitzenteam.

Doch jetzt gab es kein Zurück mehr, sie musste es hinter sich bringen!

„Klaus, weißt du das ist so, ich ...“

Scheller unterbrach sie, er nahm ihre Hand und drückte sie auf ihren Stuhl.

„Lydia, sind wir Freunde? Komm sei offen zu mir, es hilft dir doch nicht, wenn du jetzt weiter Ausflüchte machst. Ich ahne doch schon lange etwas, du willst weg von Hannover, was Neues machen, oder? Na komm!“

Damit hatte sie nun gar nicht gerechnet, aber so wurde ihr die Sache leichter gemacht.

„Ja Klaus, so ist es, die Bremer brauchen jemanden in ihrer Dienststelle. Da ist eine Position freigeworden, die sie nicht aus ihren eigenen Reihen besetzen können oder wollen. Ich habe das Angebot angenommen, mich aber nicht getraut, mit dir darüber zu reden.“

Fast hilfesuchend sah sie zu ihm auf. Er atmete tief ein, als wollte er ihre Nähe in sich aufsaugen. Wie durch einen Schleier hörte sie seine ihr so vertraute, warme Stimme.

„Lydia, in meinem ganzen Leben bin ich noch nie einer Frau wie dir begegnet. Ich hätte mir auch gewünscht, dass aus unserer Beziehung mehr als Freundschaft geworden wäre, aber es ist nun mal nicht so gekommen, warum sollte ich dich zurückhalten.

Wenn du dich verändern willst, und das bei so einer großen Chance für deine berufliche Entwicklung, dann musst du das auch tun!

Du bist mit Leib und Seele Kriminalistin, es wäre doch schade, wenn du diese Gelegenheit verstreichen ließest für eine nicht in Erfüllung gegangene Liebesbeziehung. Sieh nach vorne, ich freue mich darüber, wenn es dir gut dabei geht."

Sie war wie vor den Kopf geschlagen, mit offenem Mund starrte sie ihren Partner an. Sie hatte das Gefühl, es müsste aus ihr heraus sprudeln, brachte aber nur ein „Danke Klaus!" hervor.

Für ihn schien die Angelegenheit damit erledigt zu sein, denn er hatte das Fax mit dem Nachtrag, der inzwischen eingegangen war, auf ihren Tisch gelegt.

Heilfroh, und noch ein wenig verunsichert, wischte sie sich eine Träne, die sie nicht zurückhalten konnte, aus den Augen.

„Ach Klaus, was soll ich ..."

In diesem Moment trat Bartels in das Zimmer, Scheller reagierte sofort. „Na, Bartels, geben Sie schon her, ich weiß Bescheid!"

Auch dem Abteilungsleiter war die Erleichterung ins Gesicht geschrieben, er hatte schweren Herzens zugestimmt als Lydia mit ihrem Anliegen zu ihm kam und um die Versetzung bat.

Er hätte sie lieber in seinem Team behalten. Doch sein feines Gespür für Spannungen innerhalb der Gruppe sagte ihm, dass sie früher oder später ohnehin gehen würde, dafür war sie einfach zu gut in ihrer Arbeit!

„Na ja, dann können wir zu den Fakten kommen. Lydia, ich habe hier die offizielle Versetzung für Sie nach Bremen. Sie sollen dort übermorgen anfangen, schaffen Sie das?"

Jetzt hielt sie nichts mehr zurück, es musste raus, und sie fing hemmungslos an zu schluchzen, bemerkte aber noch, dass die Männer das Büro wortlos verließen, wofür sie sehr dankbar war.

Nach einer guten halben Stunde kehrten beide zurück. Bartels legte einen Akt auf ihren Schreibtisch, in dem ein an ihn gerichtetes Fax und die Papiere für ihre Versetzung enthalten waren. Mit einem kräftigen Händedruck verabschiedete er sich von ihr. Klaus nahm sie in den Arm und drückte sie an sich. „Könnte ich dich doch festhalten, ich will nicht, dass du gehst", dachte er bei sich, dann kam aber nur eine allgemeine Floskel:

„Ich werde dich sehr vermissen Lydia, aber ich weiß, du schaffst das schon!"

Wieder konnte sie ihre Tränen nicht zurückhalten, doch dann löste sich die Anspannung, beide mussten lachen und alles war auf einmal viel einfacher. So konnte sie sich einigermaßen gefasst auf den Weg machen.

In Bremen angekommen, wurde gleich eine Besprechung einberufen, in der darüber diskutiert wurde, ob die Einsetzung einer Sonderkommission erforderlich sei, mit dem Ergebnis, nachdem der Oberstaatsanwalt sich eingeschaltet hatte, dass vorerst im Team vor Ort weiter ermittelt werden sollte.

Nachdem Lydia ihren neuen Mitarbeitern vorgestellt worden war, brachte man sie in ihr neues Büro. An der Tür waren Namensschilder angebracht, ihrer und der von Rene Hoffmann.

Alles war viel kleiner als in Hannover und sie hatte Schwierigkeiten, die auf sie wirkenden Eindrücke zu ordnen, und sich zurecht zu finden. Doch nach einer Weile, und nachdem Rene auf die Aufgabenstellung und die Hierarchie innerhalb des Teams hingewiesen hatte, wurde ihr bewusst, dass sie jetzt hier das Sagen hatte.

Sie war überrascht, denn das war in den Vorgesprächen so nicht dargestellt worden. Mit dieser Situation musste sie erst einmal fertig werden, doch Rene machte es ihr leicht.

„Weißt du, erst habe ich ja gedacht: Schade, jetzt setzen sie mir hier so eine Zicke vor die Nase. Doch nachdem ich mich in Hannover schlau gemacht habe und weiß, was du dort geleistet hast, und wie ich dich jetzt hier sehe, bin ich froh, dass du da bist, und ich mit dir zusammen arbeiten kann."

Lydia musste erst mal runterschlucken, überrascht von der Offenheit mit der ihr neuer Mitarbeiter auf sie zukam.

Doch irgendwie war es ihr ganz recht, dass Rene gleich mit dem „Du" ins Haus fiel, so waren die Fronten schon mal abgeklärt. Sie freute sich richtig auf die neue Aufgabe.

Er reichte ihr dann die Akte mit den bisherigen Ermittlungsergebnissen herüber und erklärte geschickt und knapp, warum in der Zeitungsmitteilung das Auffinden der Leiche ohne Kopf im Jahr 1963 und der jetzige Fund in Zusammenhang gebracht wurden.

„Der Fall von vor 40 Jahren ist bis heute nicht aufgeklärt worden und wir hoffen jetzt, weil es Parallelen gibt, neue Erkenntnisse und Zusammenhänge zu finden. Die beiden Fälle haben miteinander zu tun, da bin ich ziemlich sicher. Komm, lass uns in die Rechtsmedizin gehen, vielleicht sind die schon so weit und können uns Näheres sagen."

Lydia war einverstanden, so konnte es weitergehen, schon war sie mittendrin, sie fühlte sich gut dabei. Der Leiter der Rechtsmedizin, Lars Grünert, das altes Schlachtross, wie er wegen seiner burschikosen Art im Institut genannt wurde, konnte noch nichts Genaues über die Todesursache sagen.

Auf den ersten Blick sah alles nach einem Selbstmord aus. Auch weil der Tote einen Rucksack getragen hatte, der möglicherweise mit Steinen gefüllt war, die dann aber im Laufe der Zeit heraus gefallen sein könnten. Der fehlende Kopf ist wahrscheinlich von einer Schiffsschraube abgetrennt worden.

Außerdem konnte die Leiche bisher nicht identifiziert werden. Grünert brauchte noch Zeit um herauszufinden, ob seine Vermutungen sich bestätigen werden. Damit mussten sie sich erst einmal zufrieden geben.

Rene schlug vor, den Fundort der Leiche anzusehen. Auf dem Weg dorthin erzählte er ihr aus dem Protokoll des alten Falles.

„Seinerzeit konnte die Leiche auch nicht identifiziert werden, und die Akte wurde geschlossen mit der Begründung, dass das ein Unfall gewesen sein musste!"

Lydia war froh, die klare Luft die vom Wasser her zu ihnen her- überwehte zu genießen. Das Ganze war ziemlich kompliziert und die Lösung war wohl nur in Verbindung mit dem Fall von vor 40 Jahren zu finden.

Als hätte Rene ihre Gedanken gelesen, kam er auch darauf zu sprechen.

„Weißt du der alte Rolf Bötjer, sozusagen dein Vorgänger, hat als junger Polizist den Fall damals mitbearbeitet. Ich schlage vor wir setzen uns mal mit dem zusammen."

Sie zögerte einen Augenblick.

„Ja, das ist eine gute Idee, ich möchte aber vorher erst einmal die alten Akten durcharbeiten, kannst du mir die schnell besor- gen?"

Rene willigte ein, allerdings mit dem Einwand: „Das ist kein Problem, bloß ist da nicht viel nachzulesen."

Sie gingen noch ein paar Schritte, und so konnte sie sich von der schaurigen Vorstellung einer Leiche mit einem von einer Schiffsschraube abgetrennten Kopf lösen.

Der Weg an der Flussmündung war zu dieser Zeit voller Men- schen, deshalb machte sie sich keine Gedanken darüber, als sie bei der Rückkehr zu ihrem Wagen fast mit einem Radfahrer zusammen gestoßen war. Der ältere Mann entschuldigte sich artig und fuhr dann schnell davon. Rene hatte das Ganze gar nicht richtig mit bekommen.

„Ist dir etwas passiert, was war los?"

„Nein nichts passiert, mich hätte nur beinahe ein Radfahrer gerammt."

„Komisch die Leute, die hierher kommen, schieben ihr Fahrrad meistens damit sie das alte Schulschiff, das hier liegt, besser sehen können."

In ihrem Büro angekommen, hatte Rene den verlangten Akt schnell besorgt, und sie machte sich an das Studium. Er hatte Recht, aus den Akten war nicht viel zu ersehen. Das beiliegende Protokoll der Rechtsmedizin kam zu dem Ergebnis, dass es sich bei dem Toten um eine unbekannte Person handelte, ohne Kopf! Ob dieser mit Gewalt abgetrennt worden war, oder infolge des langen Aufenthaltes im Wasser einfach abgefault war, konnte nicht mehr festgestellt werden.

Nach den Angaben des damals zuständigen Arztes musste die Leiche mindestens zwei bis drei Monate im Wasser gelegen haben, bevor sie bei den Ausbaggerungsarbeiten in der Lesummündung von der Besatzung des Baggers, in einer der Schaufeln hängend, gefunden worden war.

Es gab noch einen Hinweis auf eine Zeitungsnotiz, aus der hervorging, dass die lokale Presse eher von dem Leichenfund unterrichtet war als das zuständige Polizeirevier.

Ein Anrufer hatte sich bei der Zeitung gemeldet und den Fund angezeigt, in der Notiz stand darüber nichts Näheres.

Lydia nahm sich gleich vor, zuerst, noch bevor sie mit dem alten Polizeibeamten sprechen würden, einen Termin mit der Zeitungsredaktion zu vereinbaren.

In Hannover, vor allem während der Zusammenarbeit mit Bartels, hatte sie ein Gespür dafür entwickelt auf ihr Gefühl, das sich spontan bei Aktenstudien anzeigte, zu reagieren. Sie zögerte nicht diesem nachzugeben und rief gleich bei der Zeitung an. Außerdem bot sich hier die Gelegenheit, mit der örtlichen Presse Kontakte zu knüpfen. Sie informierte Rene und machte sich auf den Weg. An seiner Art zu reagieren bemerkte sie ein gewisses Unverständnis, wollte aber jetzt nicht darauf eingehen. Sie versprach ihm dann jedoch später alles zu erklären.

In der Redaktion wurde sie von einem freundlichen älteren Herrn empfangen. Der erklärte ihr, nur noch gelegentlich als Redakteur zu arbeiten, und sich hauptsächlich um die Digitalisierung des Archivs zu kümmern.

Sie spürte sofort, dass hier die richtige Adresse war, denn es stellte sich heraus, dieser Mann war es, der damals den Anruf des Zeugen entgegen genommen hatte. Nachdem sie ihm kurz den Grund ihres Besuches mitgeteilt hatte, begann er seinen Bericht auch gleich mit einigen interessanten Informationen.

„Wissen Sie, das war schon seltsam damals. Wir bekamen einen Anruf am 14.09.1963 gegen 12.15 Uhr von einem Werftarbeiter, der Mittagspause machte. Wie aus der Gesprächsnotiz hervorgeht, hatte er mit seinen Kollegen am Pier gesessen und die Baggerarbeiten an der Flussmündung beobachtet. Dabei bemerkten sie, dass in einer der Schaufeln eine Leiche hing, ohne Kopf!

Er lief dann gleich zu der Telefonzelle am Bahnhof, ganz in der Nähe, und verlangte eine Prämie für seine Nachricht.

Da unsere Telefonistin das nicht entscheiden konnte, wurde der Anruf zu mir durchgestellt.

Ich fragte sofort nach, ob er die Polizei schon informiert hätte, was er verneinte. Er wies aber darauf hin, dass er das gleich machen würde.

Ich versprach ihm die Prämie, wenn er mit der Mitteilung an die Polizei noch zehn Minuten warten würde, worauf er einging. Unseren Fotografen hatte ich schon herbei gewunken und auf den Weg geschickt. Der Anrufer hieß Walter Pelzer. Für seine Information vereinbarte ich mit ihm eine Prämie von 50 Mark."

Lydia hatte aufmerksam zugehört und gleich Sympathie für den kleinen Redakteur empfunden. Sie war sicher, dass er ihr mehr über die damaligen Vorkommnisse erzählen konnte, wenn sie ihn weiter dazu ermuntern würde.

Mit einem verschmitzten Lächeln sah er sie an.

„Sie wollen sicher mehr wissen, bestimmt, ich sehe es Ihnen an! Kommen Sie, lassen Sie uns einen Kaffee trinken, dann erzähle ich Ihnen was."

Sie ging sofort darauf ein, und freute sich auf das Gespräch, das sie dann in einem kleinen gemütlichen Cafe in der Innenstadt fortsetzten.

„Glauben Sie mir, damals war noch was los hier bei uns in diesem Stadtteil. Auf der kleinen Werft hier am Hafen wurden Marine-Schnellboote repariert. Ein Teil der Besatzungen wohnte während der Reparaturarbeiten auf den Schiffen. Oft war es dann so, dass zur gleichen Zeit in der Lesummündung die Heringslogger, also Fischereifangschiffe, zum Entladen anlegten. Das dauerte in etwa zwei bis drei Tage, und auch die Loggerbesatzungen blieben während dieser Zeit zum größten Teil an Bord. Es ist kaum zu beschreiben, was dann abends und nachts in den umliegenden Kneipen abging."

Er machte eine kleine Pause, Lydia hatte den Eindruck als müsse er Luft schöpfen, um dann richtig los legen zu können. Erwartungsvoll sah sie zu ihm hinüber.

„Darf ich nach Ihrem Namen fragen. Ich war bei meiner Ankunft in ihrer Zeitung etwas unkonzentriert, und habe nicht richtig mit bekommen wie Sie heißen."

Wieder erschien dieses gewitzte, freundliche Lächeln auf seinem Gesicht. Es schien ihm richtig Spaß zu machen sich mit ihr zu unterhalten. Er antwortete jedoch nicht auf ihre Frage, sondern erzählte munter weiter.

„Durch einen schon etwas längere Zeit zurück liegenden Vorfall, gab es eine gewisse Feindschaft zwischen einigen der Marine- und Loggerbesatzungen. Deshalb kam es immer wieder zu Zwischenfällen, die oft in wüste Schlägereien ausarteten. Dabei ging so manche Kneipeneinrichtung zu Bruch. Die Polizei hat sich nicht so intensiv eingemischt wie mancher Wirt es sich gewünscht hätte. Und so konnte es schon mal passieren, dass bei diesen Rangeleien einer von den Beteiligten ins Hafenbecken fiel, oder auch ganz verloren ging!"

Lydia hatte gespannt zugehört, aber jetzt musste sie nachfragen.

„Wie meinen Sie das – verloren ging?"

Der Redakteur schmunzelte.

„Ja, es kam häufiger vor, dass die Rivalitäten auch außerhalb der Kneipen fortgeführt wurden."

„Sie meinen also, wenn ich das richtig verstehe, dass dies bei dem Toten damals auch so gewesen sein könnte, der ist ganz einfach so „verloren gegangen"! Aus den alten Akten ist dazu nicht viel heraus zu lesen."

„Ja, genau das meine ich. Die Polizei hat sich damals nicht groß eingeschaltet und da niemand als vermisst gemeldet wurde, war es eben ein Unfall und alle hatten ihre Ruhe. Wissen Sie, viele der jungen Männer die damals auf den Loggern angeheuert haben, waren aus der damaligen DDR geflüchtet und hatten kaum

Kontakt zu Ihren Familien. Deshalb war es sehr mühsam Identitäten aufzuspüren."

Er machte eine Pause und sah Lydia aufmerksam an.

„Wenn Sie erlauben, Sie sind noch sehr jung, darf ich fragen wer von den Spezis im Revier Sie hat mit diesem Fall beauftragt hat."

Sie zögerte einen Moment. Der kleine Mann gefiel ihr, und er konnte ihr sicher noch weiterhelfen, deshalb antwortete sie scheinbar unbefangen:

„Ach, so genau weiß ich das selber nicht, ich wurde einfach mit den Ermittlungen beauftragt. Ich kenne ja noch nicht einmal die Einzelheiten des Falles, und die Kollegen auf dem Kommissariat auch noch nicht alle."

Seine hellen Augen blitzten sie lustig an.

„Die werden Sie schon noch kennen lernen, und ich hoffe es geht Ihnen gut dabei. Da war übrigens noch etwas, vor etwa einem halben Jahr kam ein Mann mittleren Alters in die Redaktion und hat sich für die Nachricht, die wir über diesen Vorfall seinerzeit veröffentlicht hatten interessiert. Wir konnten ihm aber nur das was damals offiziell in der Zeitung stand zur Verfügung stellen."

„Haben Sie Namen und Adresse? Ist es nicht üblich oder sogar vorgeschrieben, dass man sich ausweisen muss, wenn man ein Zeitungsarchiv einsehen will?"

Ihr Gegenüber blies leicht die Wangen auf.

„Vorschriften ..., wer kümmert sich denn heute noch darum!"

Nach kurzem Zögern fuhr er fort:

„Ja, ich kann mich an den Namen erinnern, er hieß Adolf Mirchow. Ich konnte mir das gut merken, weil ich gedacht habe, was für ein Name für einen Mann in diesem Alter. Die Adresse habe ich jedoch nicht mehr im Kopf."

In diesem Moment vibrierte ihr Handy. Sie entschuldigte sich bei ihm und las die SMS:

„Komm bitte sofort ins Revier! Der Staatsanwalt ist hier und will dich sprechen, Rene."

Es fiel Ihr schwer, das Gespräch jetzt abbrechen zu müssen. Mit einem Schulterzucken bedankte sie sich lächelnd bei ihrem Gesprächspartner.

„Leider muss ich jetzt los, die Pflicht, Sie wissen schon...!"

Er nahm ihre Hand und drückte sein Bedauern aus.

„Schade, übrigens haben Sie Interesse den Fotografen, der damals die Aufnahmen für uns gemacht hat, kennen zu lernen. Ich glaube das wäre interessant für sie, hier ist seine Anschrift. Alles Gute und viel Erfolg, wenn Sie wollen können Sie mich jederzeit anrufen!"

Sie machte sich schnell auf den Weg. Das war angenehm hier in diesem Stadtteil, da alles ganz dicht beieinander lag. Sie brauchte nur ein paar Schritte zu gehen und schon war sie im Revier.

Dort herrschte angespannte Stimmung. Sie konnte gerade noch kurz mit Rene sprechen, der ihr zuraunte, dass es eine Vermisstenanzeige gegeben habe.

Im Büro des Kommissariatsleiters wurde sie von diesem und dem Oberstaatsanwalt empfangen, der ihr auf den ersten Blick sofort unsympathisch war. Sein Händedruck war weich und feucht, sie entzog ihm schnell die Hand und konnte gerade noch ein Abstreifen ihrer Handfläche an der Hose vermeiden.

Er musterte sie mit starrem Blick und fing dann, nach einem Wink zum Leiter der Abteilung, mit durchdringender Stimme an zu reden.

„Ja, Frau Brock, wie ich gehört habe, sind Sie schon mitten drin bei Ihren Ermittlungen. Ist Ihnen schon gesagt worden warum wir Sie mit diesem Fall beauftragt haben, obwohl Sie erst gestern hier angefangen sind?"

Lydia zögerte einen Augenblick, als müsse sie sich überwinden mit so jemand zu sprechen, aber das war jetzt unwesentlich.

„Ich glaube, dass Sie hier viel zu tun haben und wenig Personal zur Verfügung steht. Deshalb sagt mir mein Gefühl, auch nachdem was ich bisher herausgefunden habe, dass ich als Fremde absolut unvoreingenommen bin."

Sie vermied bewusst das Wort belastet. Der Oberstaatsanwalt blickte sie einen Moment lang erstaunt an, wandte sich dann an den Abteilungsleiter und presste heraus:

„Genau das ist es! Die ganze Situation ist ziemlich verfahren, und es gibt tatsächlich Hinweise darauf, dass in der Vergangenheit in bezug auf die Ermittlungen im Falle des Toten vor 40 Jahren, sagen wir mal nicht so gründlich ermittelt worden ist, wie es erforderlich gewesen wäre."

Er nahm seine Brille ab und platzierte sich auf die Schreibtischkante des Abteilungsleiters, der das mit einem kaum merklichen Stirnrunzeln zur Kenntnis nahm. Für Lydia war das ein Zeichen dafür, dass die beiden mit Sicherheit nicht die besten Freunde waren.

Nach einer Pause sah er wieder zu ihr auf.

„Wir haben aus Hannover nur das Beste über Sie gehört, Bartels scheint ja geradezu vernarrt in Ihre Fähigkeiten zu sein. Ich hoffe mal, Sie können das hier fortsetzen. Ich bin mit dem Abteilungsleiter einig, Sie haben alle Freiheiten. Verfügen Sie über so viele Leute, wie ab-kömmlich sind, vor allem beziehen Sie den Kollegen Hoffman voll mit ein. Er war es, der auf die Idee kam, dass da ein Zusammenhang zwischen den beiden Fällen bestehen könnte. Der junge Mann ist eben auch noch unbefangen. Ich lasse sie jetzt allein, sie werden sicher viel zu besprechen haben. Berichte an mich nur über den Abteilungsleiter, viel Erfolg."

Damit verschwand er ohne Gruß aus dem Büro, die Tür leise hinter sich schließend.

„Der schleicht sich davon, als wolle er eigentlich nichts mir der Sache zu tun haben." Diese Bemerkung konnte sie sich nicht verkneifen. Der Abteilungsleiter reagierte jedoch nicht darauf, sondern bat sie freundlich: „Setzen Sie sich doch zu mir."

Erst jetzt konnte sie ihn richtig in Augenschein nehmen, bei ihrer Begrüßung gestern hatte er sich mehr im Hintergrund aufgehalten.

Sie sah in ein offenes Gesicht mit hellwachen Augen, die sie nicht musterten, sondern voller Interesse ansahen.

„Sie scheinen von unserem Herrn Oberstaatsanwalt nicht gerade begeistert zu sein, aber er ist nun mal unser Vorgesetzter, und wir müssen nach seinen Anweisungen arbeiten, mir gefällt das nie. Ich glaube eher, dass er dieses Amt nur als Sprungbrett für eine politische Karriere benutzen will, aber lassen wir das."

Eine kurze Pause entstand, sie fühlte sich jetzt viel sicherer, und glaubte hier einen Verbündeten gefunden zu haben. Seine warme Stimme riss sie aus ihren Gedanken.

„Ich glaube wir holen jetzt mal Rene dazu, der Junge ist aufgeweckt und sehr interessiert an seiner Arbeit."

Nachdem Rene sich zu ihnen gesetzt hatte, öffnete der Abteilungsleiter einen verschlissenen Akt.

„Heute ist eine Vermisstenanzeige eingegangen, eine Frau Irma Zeitz, 65 Jahre alt, vermisst Ihren Neffen Klaus Prader. Das könnte nach ihren Aussagen über den Zeitpunkt ihres letzten

Zusammentreffens vor immerhin schon vierzehn Tagen unser Mann aus dem Fluss sein. Sie konnte ihn bisher nicht identifizieren, da müssen wir noch mal nachhaken. Ich wollte die gute Frau vorerst nicht länger belasten, die muss erst mal zur Ruhe kommen. Sie werden sicher im Gespräch mit ihr mehr heraus bekommen.

Nur so viel ist wohl schon klar: Wenn das unser Mann ist, dann ist es der Neffe von Bötjer, dem ehemaligen Leiter dieses Kommissariats, der seinerzeit an dem Fall vor 40 Jahren gearbeitet hat, wie wir wissen ohne großen Erfolg."

Lydia wollte ihn nicht unterbrechen, aber er merkte sofort, dass sie reagieren wollte und sagte:

„Nur zu, sagen Sie rund heraus was Sie denken, ich mag Spontaneität!"

Sie schluckte ein wenig, hatte sich aber schnell gefangen.

„Deshalb also der Wunsch nach Unbefangenheit bei der Bearbeitung des Falles. Hier stellt sich doch auf den ersten Blick die Frage, ob es einen Erfolg geben sollte, damals."

„Genau so ist es, wir drei sind die Einzigen hier im Kommissariat, die nicht direkt oder indirekt in diese Angelegenheit verwickelt sind."

Rene hatte bisher still zugehört.

„Das stimmt nicht ganz, denn ich habe sozusagen bei Bötjer gelernt. Von diesem Fall allerdings war unsere Arbeit niemals betroffen, nur als Person ihm gegenüber bin ich natürlich nicht unbefangen."

Der Abteilungsleiter sah ihn eindringlich an.

„Rene, wir ermitteln nicht gegen Bötjer, sondern suchen jemanden, der diesen Mord, wenn es denn einer war, begangen hat und die Verbindung zu dem Toten von vor vierzig Jahren!

Ich schlage vor, die weiteren Ergebnisse der Rechtsmedizin abzuwarten. Vielleicht kann Frau Zeitz dann ja bald eine Identifizierung vornehmen."

Lydia rutschte unruhig auf ihrem Stuhl herum, der Abteilungsleiter bemerkte das und nickte aufmunternd.

„Nun Frau Brock wir sind offen hier, und Sie leiten die Ermittlungen. Wenn ich ihr Verhalten richtig einschätze haben sie noch eine Idee."

Sie freute sich über diese Entwicklung, aber ihr Anliegen war ziemlich heikel, nach einer kurzen Pause kam sie dann doch damit heraus.

„Ich möchte die Personalakte von Bötjer einsehen, geht das? Ich weiß dazu brauchen wir die Genehmigung der Inneren Revision, aber ich bin sicher, dass Bötjer eine Schlüsselfigur in diesem Fall ist. Wenn er auch nicht aktiv beteiligt gewesen sein mag, so ist er doch irgendwie darin verwickelt."

Der Abteilungsleiter seufzte und schüttelte fast unmerklich mit dem Kopf.

„Bei meinem ersten Versuch die Personalakte zu bekommen, bin ich abgeblitzt, ich vermute unser Herr Oberstaatsanwalt hat auf Nachfrage der Inneren abgelehnt. Aber wenn der Tote Bötjers Neffe ist, und das durch Frau Zeitz bestätigt wird, haben wir eine Handhabe seine Personalakte einzusehen. Mehr kann ich im Moment nicht für euch tun. Aber ich bin sicher Frau Brock, Sie werden bei ihren Recherchen etwas Brauchbares herausfinden. Wie ich gehört habe waren sie schon bei der Zeitung, und wollen bestimmt noch den Fotografen aufsuchen, der die erste Aufnahme damals gemacht hat.

Es gefällt mir, wie Sie an die Sache rangehen, nur bitte nicht alles alleine machen, beziehen sie Rene mehr mit ein."

Lydia war überrascht, das hatte sie nicht erwartet, der Abteilungsleiter schien volles Vertrauen in sie zu setzen und war wohl auch auf derselben Spur wie sie. Rene sah auf die Uhr.

„Ich will versuchen Grünert zu erreichen, es ist schon spät, ich glaube nicht, dass wir da noch etwas werden."

Der Abteilungsleiter lächelte, er freute sich über den Schwung den die beiden jungen Leute entwickelten.

„Nun aber sachte, überfordern Sie sich und die anderen Abteilungen nicht. Machen sie morgen weiter, die Toten laufen Ihnen nicht weg, und um ein Serienverbrechen handelt es sich hier bestimmt nicht, jetzt ist Gründlichkeit angesagt. Lassen Sie sich Zeit, jedes Detail kann sehr wichtig sein. Ach so Rene, etwas muss ich noch wissen, hatten Sie Kontakt zu Bötjer seit seiner Pensionierung?"

Rene verneinte das, damit waren sie entlassen.

Auf dem Weg in ihr Büro fragte Rene Lydia nach ihrer Unterkunft, ohne den Eindruck zu erwecken, er sei neugierig.

Sie hatte sich bisher noch nicht darum bemüht, weil sie damit gerechnet hatte, nicht gleich so voll einsteigen zu müssen und war für die ersten Tage in ein Hotelzimmer gezogen.

Er gab ihr die Adresse eines ihm bekannten Maklers, mit dem Hinweis der sei mit ihm zur Schule gegangen. Sie solle sagen sie käme auf seine Empfehlung, dann sei er sicher, dass sie innerhalb von zwei bis drei Tagen eine kleine möblierte Wohnung, zu einem fairen Preis haben könne. So gingen sie auseinander.

Im Hotel angekommen musste sie erst einmal durchschnaufen, das war ein turbulenter Tag. Kaum hatte sie sich ein wenig entspannt, kam ein Anruf von der Rezeption mit dem Hinweis, gerade wäre ein Brief für sie abgegeben worden. Sie wollte sich sowieso etwas zu trinken besorgen, ging gleich zum Empfang und nahm den Brief entgegen.

Oben öffnete sie das Kuvert.

„Dies ist keine Warnung, nur ein Hinweis! Seien Sie vorsichtig, Sie könnten in etwas hineingeraten das Ihnen nicht gut bekommen wird!"

Der Brief war von Hand geschrieben, nicht auf Brief-, sondern auf Kopierpapier. Die Schrift war etwas nach links gekippt, er könnte mit der linken Hand geschrieben worden sein.

Na ja, das ist ein Fall für die Spurensicherung. Spontan rief sie Rene an und bat ihn, zu ihr zu kommen. Zu ihrer Überraschung willigte er sofort ein.

Nach einer kurzen Beratung kamen beide überein, heute noch den möglichen Schreiber, oder wenigstens eine Spur zu finden.

Sie befragten zuerst den Portier, der ihnen eröffnete, dass der Brief von einem Mietwagenfahrer abgegeben worden war.

Der Fahrer sei ihm persönlich bekannt, weil dieser öfter Fahrgäste hier abholte. Nachdem Rene festgestellt hatte, dass das Unternehmen auch persönliche Fahreranforderungen annahm, forderten sie diesen an.

Rene wartete in seinem Wagen. Lydia wollte zu dem Fahrer einsteigen und ihn nach der Herkunft des Briefes befragen. Da sie hier noch unbekannt war, war das die bessere Lösung.

Kurz darauf erschien der Fahrer schon. Lydia musterte ihn scharf, ein junger Mann, Mitte bis Ende zwanzig, salopp angezogen, aber nicht ungepflegt. Sie überlegte kurz ob sie sich ausweisen oder erst abwarten sollte, wie sich die Angelegenheit entwickeln würde und entschied dann, erst mal damit zu warten. Als sie in das Fahrzeug einstieg bemerkte sie einen leicht süßlichen

Geruch, Marihuana! Es war ihr sofort klar, der Fahrer hat kurz vorher einen Joint geraucht.

„Ich bin hier neu in der Stadt, und habe gerade eine Einladung bekommen zum Essen mit meinem Geschäftspartner, eigentlich war das so nicht vorgesehen, aber schön, oder?"
Sie beobachtete den jungen Mann genau um zu sehen wie er reagierte, der strich sich das Haar aus der Stirn.

„Oh, dann waren Sie gemeint, ich habe vorhin einen Brief im Hotel abgegeben, der war dann wohl für Sie bestimmt."
Sie redeten noch eine Weile über belanglose Dinge. Als sie am Zielort angekommen waren, fragte Lydia ganz unbefangen, ob er noch wüsste, wo er den Brief in Empfang genommen habe.
Er antwortete, dass eine ihm unbekannte Person ihn diesen an einer Telefonzelle, zu der er von der Zentrale geschickt worden war, ausgehändigt hat. Der Preis für die Fahrt war in Ordnung, außerdem kam so etwas öfter vor, er fand nichts dabei. Lydia wollte nicht weiter nachfragen, nur eins wollte sie noch wissen.

„War das ein junger oder älterer Mann?"
Der Fahrer zögerte einen Augenblick, als würde er überlegen was er antworten sollte, dann sagte er wenig überzeugend:

„Na ja, so mittel, eine Brille hatte er auf, mehr habe ich mir nicht merken können."
Ihr reichte das vorerst, sie musste mit Rene darüber reden, den jungen Mann konnten sie immer noch vernehmen. Dem ersten Eindruck nach war er wohl wirklich nur der Bote.
Sie betrat das angesteuerte Lokal, kurz darauf traf auch Rene ein.

„Da wir schon mal hier sind können wir auch eine Kleinigkeit essen, oder?"
Rene war einverstanden, er freute sich Lydia so näher kennen zu lernen, sie hatte ihn vom ersten Moment an in Bann geschlagen.

Eine sehr attraktive Frau, mit der man sich gern sehen lassen konnte.

Beide versuchten für eine Zeit lang nicht über den Fall zu reden und erzählten sich ein wenig aus Ihrem bisherigen Leben.

Dabei erfuhr sie, dass Ihr neuer Partner hier im Stadtteil aufgewachsen war und fast alle wichtigen Leute kannte. Auch er hatte eine gescheiterte Beziehung hinter sich. Sie mussten herzlich lachen über diese Gemeinsamkeit, und betrachteten das als ein gutes Ohmen für ihre Zusammenarbeit.

Im Hotel angekommen gönnte Lydia sich ein Bad und hörte dabei ihre Lieblingssängerin Patricia Kaas, das machte sie so schön melancholisch.

Aber wie immer in solchen Situationen kamen auch jetzt wieder diese Angstgefühle auf, die sie sich noch nicht so richtig erklären konnte. Es kroch auf widerliche Weise in ihr hoch, und sie war dann eine Zeit lang unfähig, sich dagegen zu wehren.

Bisher hatte sie noch mit niemand darüber gesprochen. Sie wollte selbst damit fertig werden und verdrängte das Problem nur zu gerne.

Am nächsten Morgen machten sie sich auf den Weg in die Rechtsmedizin. Vorher vereinbarte sie noch einen Termin mit dem Makler, den Rene ihr genannt hatte, und mit dem Fotografen, der ihr von dem Redakteur ans Herz gelegt worden war.

Grünert hatte seine Untersuchungen abgeschlossen, Er kam zu dem Ergebnis, dass der Kopf des Toten gewaltsam abgetrennt worden war und zwar recht unfachmännisch, wie er sich ausdrückte.

Der Mörder musste den Kopf mit einer Säge abgetrennt haben, denn die Schnittflächen waren stark ausgefranst. Außerdem war er sicher, dass der Kopf Stunden vorher abgesägt worden sein musste und zwar an einem Ort, der sandig gewesen sei.

Deshalb würde man ihn auch nicht im Fluss finden, sondern irgendwo anders. Das wiederum könnte länger dauern, da man erst überprüfen müsse wo derartiger Sandboden zu finden sei.

Der Tod sei ungefähr zwei bis drei Stunden vor dem Abtrennen des Kopfes eingetreten und zwar durch eine Vergiftung mit Natriumhydroxid, das in Reinigungsmitteln für Abflüsse enthalten sei.

Lydia fühlte bei dieser Schilderung Übelkeit in sich aufsteigen. Sie hatte sich noch nicht so im Griff, dass sie sich davon trennen konnte, die Tat des Mörders im Einzelnen mit zu erleben.

Bartels hatte einmal zu ihr gesagt, dass ihr das bei den Ermittlungen helfen würde, denn so sei sie in der Lage, im Kopf bei dem Mord dabei zu sein.

Das sei zwar hart und die meisten Kriminalisten trennen sich mit der Zeit von diesem Empfinden, doch für die Aufklärung eines Falles ist das eigentlich unverzichtbar.

Mit Abflussreiniger vergiftet, den Kopf mit einer Säge abgetrennt und womöglich irgendwo vergraben, den Körper in den Fluss geworfen ...?

Das Ganze baute sich wie eine Mauer vor ihr auf, wo sollte man denn hier ansetzen?

Rene hatte sich den Bericht des Rechtsmediziners mit offenem Mund angehört, auch ihm war der Schrecken ins Gesicht geschrieben.

Grünert sah beide aufmerksam an, und schlug vor, die Leiche des Toten von vor 40 Jahren zu exhumieren, und so vielleicht auf Parallelen zu stoßen. Rene schüttelte den Kopf, der Leichnam damals sei verbrannt worden, weil Angehörige des Toten nicht ausfindig gemacht werden konnten. Das wisse er aus den alten Akten.

Also blieb jetzt nur noch die Identifizierung der aktuellen Leiche, sie mussten Frau Zeitz befragen, und das gleich!

Auf dem Weg dorthin, meldete sich der diensthabende Beamte vom Revier mit der Nachricht, dass im Hafen ein skelettierter Kopf gefunden worden sei. Sie machten sich sofort auf den Weg dahin.

Die Spurensicherung war schon an der Arbeit.

Der zuständige Beamte erklärte ihnen wie es zu dem Fund gekommen war:

„Wir hatten seit ein- und einer halben Woche starken Ostwind, der hat das Wasser über das normale Maß hinaus bei Ebbe aus dem Fluss getrieben. So ein Niedrigwasser hatten wir schon ewig nicht mehr. Ein paar Hobbyseefahrern, die auf ihrem Schiff gearbeitet haben, ist am Hafenkopf, dort wo der kleine Fluss durch den unterirdischen Kanal in das Hafenbecken fließt, aufgefallen das die Enten aufgeregt im Pulk an dieser Stelle immer wieder abtauchten. Sie waren neugierig und entdeckten so den Schädel. Da in der Zwischenzeit die Flut eingesetzt hatte, holten sie den Kopf mit einem großen Käscher auf ihr Boot."

Rene hatte sofort Grünert angerufen, der sich sogleich auf den Weg machen wollte. Lydia musste erst mal kräftig durchatmen, zu Rene gewandt sagte sie:

„Sag mal, was meinst du, der Kopf unseres aktuellen Opfers kann das wohl nicht sein? Vielleicht haben wir ja Glück und es ist der des Toten von vor 40 Jahren, mal sehen was Grünert dazu meint."

Rene antwortete nicht gleich, er musste das Ganze erst mal verarbeiten.

„Ich bin ehrlich gesagt ziemlich sprachlos, und weiß nicht, was ich davon halten soll!"

In der Zwischenzeit war Grünert eingetroffen, Lydia hatte den Eindruck als würde er sich freuen endlich mal eine richtig knifflige Aufgabe zu bekommen. Sie fragte ihn dann auch gleich:

„Was meinen Sie, was ist Ihr erster Eindruck, alte oder neue Leiche, wozu gehört dieser Kopf?"

Grünert schmunzelte in seinen Bart.

„Liebe Frau Brock, der Kopf kann was weiß ich irgend jemandem gehören, aber ich wette mit Ihnen, dass er mindestens Jahrzehnte im Wasser gelegen hat, Genaues kann ich natürlich erst nach weiteren Untersuchungen sagen!"

Er wandte sich ab und gab Anweisungen für die Verpackung und den Transport des Fundes.

„Ich melde mich bei Ihnen", dann war er auch schon wieder verschwunden.

Jetzt konnten sie sich endlich auf den Weg zu Frau Zeitz machen. Rene informierte die Spurensicherung, weil Genmaterial des Vermissten sichergestellt werden musste.

Die gute Frau war einigermaßen ansprechbar, und sie erklärte sich bereit, mit zu der Wohnung ihres Neffen zu kommen.

Dort fanden sie ziemlich unordentliche Räumlichkeiten vor. Die Frau entschuldigte sich dafür mit dem Hinweis, dass sie einmal in der Woche nach ihrem Neffen sah, um ihm bei der Hauswirtschaft zu helfen. Nur sei sie jetzt schon seit über vierzehn Tagen nicht mehr hier gewesen, weil sie selbst krank war. Deshalb habe sie auch die Anzeige über sein Verschwinden erst jetzt aufgegeben. Er sei leider, nachdem er arbeitslos geworden war, nicht sehr ordentlich gewesen und hat sich auf ihre Hilfe verlassen. Auch hatte er seitdem ein großes Problem mit Alkohol.

Sie sah es gar nicht gerne, dass er seine Trinkgenossen zu sich nach Hause holte und hier dann solche Gelage stattfanden. Am

Tage ihres Besuches sei sie dann immer völlig niedergeschlagen. Aber er habe ja sonst niemanden, seitdem sein Vater gestorben war, und so half sie ihm wo sie konnte auch mit Geld, obwohl sie genau wusste, dass auch das für das Trinken ausgegeben wurde.

Trotzdem hoffte sie, dass es sich bei dem Toten aus der Lesum nicht um ihren Neffen handeln würde.

Lydia ließ sie erzählen, nur behutsam hakte sie ein, um den Bericht der Frau in eine bestimmte Richtung zu lenken.

So erfuhr sie dann auch, dass der Vater des Vermissten bei der Marine war, und seit seiner Pensionierung die Marine-kameradschaft hier vor Ort als führendes Mitglied organisiert hatte.

Und wie der Abteilungsleiter vermutete, handelte es sich dabei um den Bruder von Bötjer. Wenn der Vermisste der Tote war, dann hatten sie endlich einen Anhaltspunkt.

Nachdem die Spurensicherung ausreichendes Material gesammelt hatte, brachte Rene Frau Zeitz nach Hause und Lydia machte sich auf den Weg zu dem Fotografen.

Der hatte schon gar nicht mehr mit ihr gerechnet. Weil die vorherigen Ereignisse viel Zeit in Anspruch genommen hatten, war sie spät dran.

Er erklärte sich aber bereit das vorgesehene Gespräch zu führen. Sie hatte gleich bei der Begrüßung so ein Gefühl, als wenn der Mann froh war, etwas los zu werden, was ihn womöglich schon länger belastete.

Er bat sie freundlich in sein Atelier, und kramte aus einer verschlossenen Mappe alte Fotos hervor, ohne dass sie ihn danach gefragt hatte. Also hatte der Redakteur schon eingehend mit ihm gesprochen.

Soviel Entgegenkommen hatte sie nicht erwartet, der Mann machte einen guten Eindruck.

Er war sehr gepflegt und trug eine ziemlich starke Brille, durch die er sie immer wieder blinzelnd ansah.

Nach einem tiefen Seufzer fing er an:

„Der Redakteur hat Ihnen bestimmt schon davon erzählt, dass ich das erste Foto von der Leiche in der Baggerschaufel gemacht habe, damals im Herbst 1963. Die Polizei hat seinerzeit die Aufnahmen beschlagnahmt.

Aber ich habe, gegen alle Vorschriften, ein Negativ für mich behalten.

Bötjer hat im nach hinein immer wieder versucht, da ran zu kommen, doch ich habe nichts herausgerückt. Allerdings hatte ich auch nur Ärger davon, denn ich konnte das Foto ja nicht verwenden. Was glauben sie, was so ein Ding in der heutigen Zeit wert wäre, aber das tut jetzt ja wohl nichts zur Sache."

Er machte eine Pause, reichte ihr ein Paar Schutzhandschuhe und das Foto.

Sie war sprachlos, das Foto war gestochen scharf, ganz anders als das aus den alten Akten. Ein kalter Schauer lief ihr über den Rücken, sie sah ganz deutlich einen fast schneeweißen, aufgedunsenen Körper, der von den Resten eines dunklen Mantels nur noch teilweise zusammen gehalten wurde. Ein Arm war halb abgerissen und hing über den Rand der Baggerschaufel. Sie wandte sich an den Fotografen und war froh jemanden dabei zu haben.

„Haben Sie eine Erklärung warum das Foto in unseren Akten so unscharf ist, ganz im Gegensatz zu dem hier?", fragte sie ihn und wartete gespannt auf seine Reaktion.

Der Fotograf druckste ein wenig herum und kam dann damit heraus, dass er damals zwei Filme verwendet hatte, den Ersten für sich und einen Zweiten für die Polizei. Lydia wollte ihn nicht weiter in Verlegenheit bringen und fragte, ob er ihr noch mehr Material zu Verfügung stellen könnte.

Er packte den ganzen Karton aus mit dem Hinweis, dass diese Fotos alle aus der damaligen Zeit stammten. Damit könne sie leicht den Zustand des Stadtteiles in der damaligen Zeit erkennen. Das würde sicher helfen sich ein Bild von der Situation zu machen. Er hatte die Bilder schon so geordnet und nummeriert, dass man sie leicht sortieren konnte.

Lydia war überrascht, hatte der kleine Mann von der Zeitung den Fotografen veranlasst diese Sachen für sie zusammen zu stellen? Der sah sie fragend an.

„Sie sind überrascht und wundern sich, warum ich diese Bildserie zusammengestellt habe. Ich habe eine ganze Zeit mit dem Redakteur gesprochen, wir wollen dass endlich Licht in die Angelegenheit kommt.

Die Polizei hat uns damals nicht ernst genommen, Fritz und ich hatten immer schon den Eindruck, wenn die Marine in irgendetwas verwickelt war, wurde die Sache unter den Tisch gekehrt. Vielleicht ist ja jetzt Schluss damit, und die Leute werden zur Rechenschaft gezogen."

Lydia zwang sich ruhig zu bleiben, denn es war ungeheuerlich, was sich hier anbahnte. Die Polizei konnte dabei leicht in Misskredit geraten.

Zu ihrem Gegenüber gewandt sprach sie es aus:

„Sie glauben also, das damals die Polizei die Untersuchungen absichtlich so lax gehandhabt hat, um etwas zu vertuschen, was mit Marine-Angehörigen zu tun hatte."

„Das habe ich so nicht gesagt, nur fanden wir das alles sehr seltsam, denn plötzlich hieß es, das sei ein Unfall gewesen.

Wo doch jeder wusste wie es damals zuging zwischen der Marine und den Loggerbesatzungen, und die Polizei immer nachlässig bei den Untersuchungen der Vorfälle war."

„Aber warum haben Sie sich denn damals nicht an die Vorgesetzten der Polizisten gewandt, oder über die Zeitung mehr Druck gemacht."

Sie konnte immer noch nicht glauben, dass hier so nachlässig gearbeitet worden war.

„Es würde mir sehr helfen, wenn ich diese gesamten Unterlagen mitnehmen könnte, das erste Foto muss ich sowieso beschlagnahmen."

Der Fotograf war einverstanden, sie hatte den Eindruck, dass er ohnehin sehr froh war, die Sachen los zu werden.

„Sie können jederzeit zu mir kommen, ich helfe Ihnen, wenn ich kann."

Lydia nahm dieses Angebot dankend an und versprach, darauf zurück zu kommen. Mit dem ganzen Packen machte sie sich zurück auf den Weg ins Kommissariat. Sie hatte für sich im Laufe ihres Berufslebens herausgefunden, dass es besser war, Zeugen in deren gewohnter Umgebung zu befragen. Die waren dann viel aufgeschlossener als bei einer Vernehmung in einem Dienstzimmer. Einige Ihrer Kollegen sind da ganz anderer Meinung, die sind der Ansicht, dass die Leute unter dem Eindruck einer offiziellen Vernehmung eher mit den richtigen Fakten herausrücken. In ihrem Büro angekommen, informierte sie Rene von ihrem Gespräch mit dem Fotografen. Der hatte schon einen Bericht über die Aussagen der Frau Zeitz fertig gemacht und einen Akt zusammengestellt.

Sie machte sich daran die Fotos so zu ordnen, dass ein komplettes Bild von dem Stadtteil, so wie er vor 40 Jahren ausgesehen haben musste, entstand.

Dann kam ein Anruf von Grünert, der sie bat, sofort in die Rechtsmedizin zu kommen, er habe eine große Überraschung parat.

Rene konnte sich nicht verkneifen zu bemerken:

„Jetzt überschlagen sich die Ereignisse, ich bin mal gespannt, was er uns jetzt wieder präsentieren wird."

Grünert empfing die beiden äußerlich ruhig, aber Lydia hatte den Eindruck, als wenn ihn das, was er zu berichten hatte, ziemlich aufregte.

Er führte sie in seinen „Behandlungsraum", den Kopf aus dem Hafen hatte auf einen Sockel platziert, sodass sie darum herum gehen und ihn von allen Seiten betrachten konnten. Es sah aus als wolle er eine Trophäe vorzeigen.

„Um was hätten wir gewettet als ich Ihnen sagte, der Kopf hat Jahrzehnte im Wasser gelegen, ich wäre schön baden gegangen!"

Sie wollte ihm nicht vorgreifen, ahnte aber etwas, aufmunternd nickte sie in seine Richtung. Er holte tief Luft und ging auf den Kopf zu.

„Ich muss zugeben, so hat mich mein erster Eindruck noch nie getäuscht. Der Kopf war nicht Jahrzehnte lang im Wasser, sondern höchstens zwei bis drei Wochen! Ich gehe davon aus, dass der Schädel, bevor er dort abgelegt worden ist, in einem Bad aus Schwefelsäure gewesen sein muss. Die Säure hat alles bis auf die Knochen abgelöst, und diese Verfärbung kommt von dem Dreckwasser aus dem Hafen, Ölrückstände usw."

Rene wurde ganz zappelig, und trat ungeduldig von einem Fuß auf den anderen, Lydia nahm seinen Ellenbogen und raunte ihm zu:

„Lass ihn, der ist gerade so schön in Fahrt."

Doch zu ihrer Überraschung sah Grünert beide fragend an und fuhr erst nach einer Pause fort.

„Nun, was schließen wir daraus? Ich will nicht wieder wetten, aber dieser Kopf gehört dem Toten aus der Lesummündung. Ich habe zwar keine Spuren von der Säge gefunden, doch das passt irgendwie zusammen. Jetzt machen wir noch einen Abgleich mit den DNA-Spuren aus der Wohnung des Vermissten, doch das dauert leider noch etwas. So jetzt ist es an Ihnen mehr daraus zu machen."

Rene sah Lydia erwartungsvoll an, als erwarte er eine spontane Entscheidung von ihr. Sie reagierte sofort, wollte die Gelegenheit nutzen und Grünert mit in ihre Überlegungen einbeziehen, seine Erfahrung könnte sehr nützlich sein.

Zu dem Rechtsmediziner gewandt sagte sie augenzwinkernd:

„Wir haben zwar nicht gewettet, aber ich nehme sie jetzt in die Pflicht, bitte beantworten sie mir zwei Fragen:

Wo verwendet man heute Schwefelsäure, und wie kommt der mögliche Täter an so was und zwar in einer Menge, dass man einen Kopf darin baden kann?" Sie haben doch sicher schon eine Theorie."

Rene mischte sich ein.

„Goldschmiede in Ihren Werkstätten, das wäre doch eine Möglichkeit."

Grünert lächelte und rückte seine Brille zurecht:

„Junger Mann, das mag ein Ansatz sein. Aber Schwefelsäure in dieser Menge, die nicht in den Fabriken der Pharmaindustrie verwendet wird, und die damit auch leicht zugänglich wäre, finden sie heute nur noch in Verzinkereien. Da gibt es große Becken, die mit verdünnter Schwefelsäure befüllt sind, um Bauteile aus Eisen oder Stahl vor dem Verzinkungsvorgang zu reinigen. Das wäre eine Möglichkeit, wobei ich andere nicht ausschließen kann."

Lydia ging auf den Rechtsmediziner zu und gab ihm ihre Hand.

„Und nun sagen sie uns noch, wo es hier in der Gegend eine solche Werkstatt gibt, und ich entlasse sie aus ihrer Wettschuld." Der Rechtsmediziner hielt einen Moment ihre Hand fest, alle drei mussten trotz der makabren Situation loslachen.

„Sie gefallen mir, da ist ja fast noch mehr Verstand als Attraktivität bei Ihnen vorhanden, so erspart man sich Recherchen."
Sie war geschmeichelt, das war mal ein wirklich nettes Kompliment, sie mochte diesen Mann so wie er war, zweifellos eine Kapazität auch als Person.
Grünert wandte sich wieder seiner "Trophäe" zu, holte einen Zettel hervor und schrieb zwei Adressen auf. Eine, hier ganz in der Nähe auf dem Areal einer stillgelegten Großwerft, und eine im Hafengebiet stadteinwärts.

„Hier, diese beiden Firmen könnten in Frage kommen, wobei ich glaube, dass wir bei der hier in der Nähe richtig liegen."
Jetzt schaltete Rene sich noch einmal ein.

„Warum hat der Täter, wenn es denn so war wie sie vermuten, nicht die ganze Leiche in das Säurebecken getaucht?"
Der Rechtsmediziner sah ihn über den Rand seiner Brille hinweg an.

„Warum sollte er, dann hätte er doch ein Transportproblem gehabt, oder?"
Hier unterbrach Lydia die Diskussion, sie wollte Rene nicht bloßstellen.

„Komm Rene, wir machen uns auf den Weg." An Grünert gewandt sagte sie:

„Sie sind ein Ass, ich komme jetzt immer zu Ihnen, wenn wir in Schwierigkeiten sind, oder sonst nicht weiter kommen."
Sie wusste damit hatte sie ihn in Verlegenheit gebracht, aber auch einen Freund gewonnen. Seine Reaktion gab ihr Recht.

„Sie können jederzeit auf mich bauen!" Damit waren sie entlassen.

Draußen mussten beide erst einmal Luft schöpfen. Lydia fühlte sich irgendwie ausgelaugt, außerdem beschlich sie wieder dieses Gefühl von Angst, so als wenn sie der Sache nicht gewachsen wäre.

Sie wollte Erfolg haben, der Beruf machte ihr Spaß, aber es war auch immer dieses Gefühl der Machtlosigkeit erst dann in Aktion treten zu können, wenn Menschen schon zu Schaden gekommen waren.

Sie hatte sich schon oft gefragt, ob sie und ihre Kollegen mit der Aufklärung eines Mordes etwas Gutes für die Menschen tun würden. Oder ob es ein Kampf gegen etwas Übermächtiges ist, das sie nicht bewältigen können. Es hat immer Verbrechen gegeben, und sie war sich im Klaren darüber, dass es keine Gesellschaftsform auf dieser Welt geben könne in der Verbrechen nicht vorkamen.

Deshalb war diese Angst wohl eine vor den Menschen selbst, unter denen sie lebte. So kam es immer wieder vor, dass sich diese Gefühle vermischten, und sie sich Ihrer Ohnmacht bewusst wurde, das war ihre Angst! In solchen Gemütszuständen fragte sie sich dann, was sie dazu gebracht hatte, Polizistin zu werden.

An ihren Partner gewandt sagte sie um sich abzulenken:

„Sag mal, ich bin noch gar nicht dazu gekommen deinen Freund den Makler aufzusuchen, ob wir da jetzt was werden können?"

Rene holte sein Handy hervor und erklärte er sich sofort bereit, bei ihm anzurufen.

„Das ist mal ganz gut für uns, so können wir zwischendurch auf andere Gedanken kommen."

Sie hatten Glück, der Makler hatte gerade ein wenig Zeit und verabredete sich mit Ihnen.

Lydia war froh Rene dabei zu haben, und so trafen sie sich mit dem Vermittler vor einem hübschen Mehrfamilienhaus ganz in der Nähe des Hafens. Ihr Partner hatte wohl im Vorfeld schon mit dem Agenten gesprochen. Denn die kleine Zweizimmerwohnung, die er ihr anbot, entsprach ihren Vorstellungen, sie war einfach, aber geschmackvoll eingerichtet und sofort beziehbar.

Sie war erstaunt wie gut ihr Geschmack getroffen wurde und konnte sich des Eindrucks nicht erwehren, dass Rene die Wohnung kannte und sich schon vorher mit dem Makler getroffen hatte. Er wurde ihr immer sympathischer, ihr neuer Partner.

Verstohlen musterte sie ihn von der Seite und bemerkte einen gewissen Stolz in seinem Gesichtsausdruck, als freue er sich über eine gelungene Überraschung. So zögerte sie nicht lange, unterschrieb den Vertrag und Rene bot ihr an, mit zu helfen damit sie gleich einziehen konnte.

Vorher wies er noch telefonisch einen ihrer Mitarbeiter an, die beiden Firmen aufzusuchen und dabei Personallisten einzufordern.

Lydia war sehr froh, für einen Moment von der Verantwortung befreit zu sein, und freute sich darauf, die neue Wohnung einzurichten.

Gern überließ sie Rene die notwendigen Aktivitäten in bezug auf ihre Arbeit. Er half ihr noch die Sachen aus dem Hotel zu holen, und einige Gepäckstücke mit ihren persönlichen Dingen, die sie bei ihrer Ankunft auf dem Revier untergestellt hatte, in die Wohnung zu bringen.

Dann ließ er sie mit dem Hinweis, sie solle sich Zeit lassen, alleine. So konnte sie sich ganz in Ruhe darum kümmern die Wohnung in Besitz zu nehmen.

Sie fühlte sich richtig gut dabei und hatte das Gefühl, irgendwie erst jetzt richtig angekommen zu sein.

Am Abend erschien Rene noch einmal mit einem Blumenstrauß und etwas zum Essen. So machten sie sich einen schönen Abend ohne über den Fall zu reden.

Lydia war richtig zufrieden und Rene machte ihr die Sache leicht, nach einer angemessenen Zeit verabschiedete er sich und ging wie ein Freund. Das war auch gut so, denn sie wusste genau, in einer entspannten Stimmung neigte sie dazu melancholisch zu werden. Das brachte sie dann dazu, sich den Menschen, die sie mochte, mehr zuzuwenden, als es ihr im nach hinein gut tun würde. So schnell wollte sie sich nicht wieder verlieben, obwohl sie spürte, dass es schön war Rene in ihrer Nähe zu wissen. Insgeheim wünschte sie sich ja auch so etwas wie Vertrautsein und Zärtlichkeit.

Am nächsten Morgen fand sie auf ihrem Schreibtisch, einen Teller mit Marzipancroissants vor. Rene begrüßte sie freundlich mit einer Tasse Kaffee in der Hand.

„Ich dachte, vielleicht hast du noch nicht gefrühstückt, du magst doch Croissants, oder?"

Jetzt war sie wirklich überrascht, denn Marzipancroissants waren ihre Lieblingsspeise. Hatte Rene sich etwa in Hannover über diese Dinge informiert oder war es ein Zufall, aber sie wollte jetzt nicht darüber nachdenken und freute sich einfach über diese Aufmerksamkeit.

Sie genoss das Frühstück, und erst als sie fertig war holte ihr Partner eine Akte und Lagepläne der beiden Firmen hervor, die ihre Kollegen besorgt hatten.

Das war gute Arbeit. Eine Liste der Mitarbeiter war aufgestellt und auf den Lageplänen die Standorte der Säurebecken eingezeichnet.

Rene ordnete die Pläne an der Demowand und sagte:

„Der Abteilungsleiter hat sich angesagt, er möchte die weiteren Schritte mit uns besprechen."

Der erschien dann auch gleich mit den beiden Kollegen, die bei den Firmen recherchiert hatten. Es entstand eine gespannte Atmosphäre in dem Raum, man konnte das Gefühl haben, als wenn jetzt etwas Besonderes heraus kommen musste.

Der Abteilungsleiter war ein echter Profi, er brachte das Gespräch sofort auf die wesentlichen Punkte.

„Wir haben hier im Moment zwar nur zwei der infrage kommenden Firmen, es gibt noch mehr, in denen Schwefelsäure bei der Arbeit verwendet wird, aber wir konzentrieren uns auf diese beiden. Hier, bei der Verzinkerei auf dem ehemaligen Werftgelände, liegt die Werkstatt mit den Säurebecken nur ca. 50 Meter vom Wasser entfernt. Bei der im Hafengebiet sind es gut 600. Wenn wir uns an Stelle des Täters befinden würden, könnte man annehmen, dass die Nähe zum Fluss die Sache für ihn leichter gemacht haben könnte.

Doch dann stellt sich die Frage, ob der Leichnam hier ins Wasser geworfen wurde? Das trifft aber nur dann zu, wenn wir die Nähe des Wassers sozusagen als Motiv für die Beseitigung der Leiche in Betracht ziehen. Aus den bisherigen Fakten könnten wir auf ein Motiv für das Vertuschen der Tat schließen, jedoch noch lange nicht auf das für die Tat selbst.

Da uns aber bisher dafür jeder Anhaltspunkt fehlt, müssen wir hier ansetzen, um weiter voran zu kommen. Ich möchte noch mal eindringlich darauf hinweisen, dass wir nicht unter Zeitdruck stehen, Präzision bei den Ermittlungen hat absolut Vorrang. Frau Brock als Ermittlungsleiterin hat mein vollstes Vertrauen; dasselbe erwarte ich von allen die mit diesem Fall

befasst sind. Sie und nur sie wird die weiteren Schritte veranlassen."

Mit der Bitte an Lydia und Rene, in einer halben Stunde noch mal
zu ihm zu kommen, verabschiedete er sich.

Lydia wies die beiden Kollegen an, alles über die Mitarbeiter der
Firmen herauszufinden, mit dem Schwerpunkt auf Hinweise zu
achten, ob es Verbindungen zur ehemaligen DDR gab.

„Du hast doch schon wieder eine Idee, wieso der Hinweis auf
ehemalige DDR." Rene sah Lydia fragend an, sie antwortete mit
einem Lächeln:

„Du warst es doch, der als Erster auf einen Zusammenhang mit
dem Fall von vor 40 Jahren aufmerksam gemacht hat. Außerdem
hat mir der Redakteur erzählt, dass damals viele der Loggerbesatzungen aus der ehemaligen DDR stammten. Ich bin sicher,
da gibt es einen Zusammenhang, vertrau mir, ich spüre das!"

Dann machten sie sich auf den Weg zum Abteilungsleiter.

Der legte gleich los:

„Frau Brock, ich bin sicher, Sie haben sich darüber gewundert,
dass ich in Anwesenheit der Kollegen so eindringlich darauf hingewiesen habe, dass Sie mein volles Vertrauen haben. Ich will
gleich zur Sache kommen: Mir ist voll bewusst, dass ich hierbei
mein ganzes Gewicht in die Waagschale werfen muss, denn es
gibt Störfeuer von außen.

Der Oberstaatsanwalt hat mich angerufen und nachgefragt, ob es
denn richtig sei, Sie als Hauptverantwortliche mit den
Ermittlungen in diesem Fall zu beauftragen.

Dazu müssen sie wissen, dass die Mitglieder der hier ansässigen
Marinekameradschaft großen politischen Einfluss haben. Nicht
nur im Beirat des Stadtteils, sondern auch in der Bürgerschaft
und in den Fraktionen der Regierungskoalition."

Nach einer kurzen Pause, in der er sie voll ansah, fuhr er fort:

„Aber das soll Sie nicht beeinflussen bei ihrer Arbeit.

Der Polizeipräsident, und damit auch der zuständige Staatsrat des Senators stehen voll hinter meiner Entscheidung. Machen Sie so weiter, ich bin sicher, Sie sind auf dem richtigen Weg."

Lydia musste erst mal runterschlucken, das hatte sie so nicht erwartet, jetzt kamen auch noch politische Einflüsse mit ins Kalkül.

„So wird die Sache sicher nicht einfacher für mich. Ich hatte auch schon einen anonymen Hinweis, dem ich bisher nicht soviel Bedeutung beigemessen habe. Ich meine diesen Brief, der in meinem Hotel abgegeben wurde."

Der Abteilungsleiter erwiderte:

„Ich weiß, setzen Sie einen Mann nur auf diese Spur an. Wir müssen herausfinden, wer dahintersteckt, auch zu Ihrer Sicherheit verfolgt dieser Mann nur diese Spur. Und Sie, Rene, passen mir gut auf."

Sie spürte eine unangenehme Kälte an sich heraufkriechen, sie hatte das starke Bedürfnis jemanden zu berühren und griff nach der Hand von Rene. Der zuckte leicht zusammen, ließ aber geschehen, dass sie für einen Moment seine Hand festhielt.

Dem Abteilungsleiter war ihre Reaktion nicht entgangen, er blickte sie warm und voller Verständnis an, lächelte kurz und wandte sich ab.

Lydia ließ die Hand von Rene los und ärgerte sich ein wenig über ihren Gefühlsausbruch, aber es hatte ihr gut getan, und sie bedauerte den Vorfall nicht.

Aber da war es wieder, dieses Gefühl schwach zu sein!

Der Abteilungsleiter riss sie aus ihren Gedanken.

„Leider haben wir das Ergebnis der DNA-Analyse noch nicht vorliegen, aber der Erkennungsdienst arbeitet daran, ich will sie jetzt nicht weiter aufhalten."

Rene und Lydia machten sich auf den Weg in ihr Büro, sie wandte sich beim Gehen wie zufällig an ihn:

„Du Rene, das eben war ...“

Zu ihrer Überraschung tippte er sie nur leicht an, legte einen Finger auf seine Lippen und schüttelte mit dem Kopf.

Ihr fiel ein Stein vom Herzen, denn so wurde ihr die Sache viel leichter gemacht, als sie gedacht hatte.

„Komm lass uns weiter machen, wir sehen uns mal die beiden Firmen an, zuerst die auf der alten Werft!“

Auf dem Gelände wurden sie von einem mürrischen Inhaber empfangen, der sich als erstes darüber beschwerte, dass hier auf seinem Gelände herumgeschnüffelt werde. Außerdem hätte er schon den beiden Kollegen gesagt, dass seine Leute absolut zuverlässig seien und gefragt, worum es denn überhaupt gehe. Die beiden Anderen hätten nur vage Andeutungen gemacht, aber wenn es denn unbedingt sein müsse, würde er Ermittlungen nicht im Wege stehen, außerdem habe er eine Liste seines Personals schon herausgegeben. Lydia mochte solche Typen nicht und entschied sich, diesen Mann hart anzufassen.

„Wir sind von der Mordkommission, und nicht vom Zoll oder der Arbeitsagentur, aber ich kann ganz schnell einen Besuch dieser Herren bei Ihnen veranlassen. Sie sagen mir jetzt auf der Stelle, woher Sie ihre Schwefelsäure beziehen, wo sie gelagert wird, wie oft das Becken neu befüllt wird, und was mit der Altlast passiert. Mein Kollege wird darüber ein handschriftliches Protokoll führen.“

Der Inhaber sah sie mit aufgerissenem Mund an, und stotterte dann los:

„Meine Leute haben damit nichts zu tun, die sind schon lange bei mir und vollkommen zuverlässig.“

Lydia blickte ihn kalt an.

„Was Ihre Leute angeht, das zu beurteilen überlassen Sie uns; wo ist also das Lager?"

Der Mann ließ die Schultern sinken, murmelte noch etwas Unverständliches wie Durchsuchungsbeschluss, nahm dann aber ein Schlüsselbund aus einer verschlossenen Schublade und ging voraus.

„Kommen Sie, ich zeige Ihnen das Lager. Bei uns geht alles streng nach Vorschrift. Den Schüssel für das Lager habe nur ich, und wenn wir den Inhalt der Säurebecken wechseln, sind nur bestimmte Leute und die Männer von der Spezialfirma für die Entsorgung von Gefahrstoffen dabei."

Rene hakte sofort ein.

„Den Namen der Entsorgungsfirma und die der Mitarbeiter, bitte!"

Sein Tonfall hatte die gleiche Schärfe wie der von Lydia. Nach kurzem Zögern nannte der Firmeninhaber zwei Namen und den des Entsorgers. Inzwischen waren sie an dem Lager angekommen, das einen sauberen Eindruck machte.

„Wir dürfen nach den Vorschriften nur eine gewisse Menge Säure vorhalten. Bei Mehrbedarf müssen wir das bei der zuständigen Behörde beantragen, und über die entnommene Menge muss Buch geführt werden."

Er übergab Rene eine Kladde.

„Hieraus können Sie ersehen, wie viel wir in den letzten zwei Jahren verbraucht haben, und wie oft das Säurebad gewechselt wurde. Ich verstehe immer noch nicht, was wir mit der Mordkommission zu tun haben sollen?"

Lydia konnte ihn nur insoweit in Kenntnis setzen, dass es einen Mordfall gäbe, bei dem Schwefelsäure und deren Verwendung bei den Ermittlungen eine Rolle spielen würde, das musste genügen.

Sie erkundigten sich noch nach den von ihm genannten Männern, und der Inhaber beteuerte wiederholt, dass seine Leute absolut zuverlässig seien und mit Sicherheit nichts mit einem Verbrechen zu tun haben würden. Für die Mitarbeiter der Entsorgungsfirma könne er allerdings nicht so eintreten, wie für seine eigenen Männer.

Lydia ließ sich noch von ihm den Vorgang des Befüllens, und den des Wechsels des Bades beschreiben.

Der Mann tat dies und übergab ihnen eine Kopie mit der Beschreibung des Vorgangs und der einzuhaltenden Vorsichtsmaßnahmen.

Sie war hochzufrieden mit den Ergebnissen aus diesem Besuch, und hatte das Gefühl vorangekommen zu sein. Sie verließen den ziemlich verduzten Firmeninhaber und beschlossen so schnell wie möglich die beiden, von ihm genannten Männer zu befragen. Rene schlug vor, zwei Kollegen mit dem Besuch der anderen Firma im Hafengebiet zu beauftragen.

In Ihrem Büro angekommen, reichte einer ihrer Mitarbeiter den vorläufigen Bericht der Rechtsmedizin herein.

Das Opfer aus der Lesum war an einer Vergiftung durch Natriumhydroxid gestorben, und zwar durch Verätzungen in der Speiseröhre, er ist innerlich verblutet. Dieses Gift wurde in Verbindung mit Alkohol verabreicht, der Tod ist zwei bis drei Stunden vor dem Abtrennen des Kopfes eingetreten.

Erste Hinweise aus den Spuren in der Wohnung des Vermissten und denen an der Leiche gaben Hinweise darauf, dass es sich bei dem Toten aus dem Fluss um den vermissten Prader handelt, endgültige Sicherheit ergibt sich jedoch aus dem Ergebnis der DNA-Analyse.

Lydia klappte den Bericht zu und schob ihn zu Rene hinüber, der diesen aufmerksam studierte und dann zu der Ermittlungsakte legte. Sie sahen einander an, und fast gleichzeitig stellten sie sich die Frage nach dem Motiv, Rene sprach es aus:

„Lydia, was veranlasst einen Menschen dazu einen anderen so qualvoll sterben zu lassen, was steckt dahinter?"

Sie antwortete erst nach einer kurzen Pause:

„Keine Ahnung, aber da muss viel Hass dahinter gewesen sein. Denn so wie Grünert das beschreibt, hat der Todeskampf zehn bis zwanzig Minuten gedauert." Bei dem Gedanken schüttelte sie ein kalter Schauer.

„Im Moment sieht es so aus, als ob wir Gewissheit darüber bekommen wer der Tote war, aber wir sind meilenweit von einer Spur entfernt, das wird Schwerstarbeit."

In diesem Moment trat ein anderer Mitarbeiter ein, mit dem Ergebnis der Befragung des Inhabers der Firma im Hafengebiet. Der Bericht enthielt den fast identischen Sachverhalt, zu dem aus der Vernehmung des hier ansässigen Besitzers.

„Wie weit sind denn unsere Kollegen, mit der Liste über die Mitarbeiter der beiden Verzinkereien?", wollte Rene wissen, er rief den dafür zuständigen von der Spurensicherung zu sich.

Der brachte eine Liste der infrage kommenden Personen mit.

„Ihr hattet mir ja aufgetragen nach Hinweisen auf Herkunft aus der ehemaligen DDR besonders zu achten. Wenn ich gleich gewusst hätte warum, wäre ich schon weiter gewesen!"

Lydia sah sich den Kollegen jetzt genauer an, sie hatte den Seitenhieb auf sich wohl richtig verstanden. Leider kannte sie ihre Mitarbeiter, nach so kurzer Zeit, noch nicht sehr gut. Sie versuchte sich ein Bild von der Person zu machen.

Überzeugt davon, dass jetzt klare Verhältnisse geschaffen werden mussten antwortete sie scharf:

„Wie lange sind Sie schon im Dienst, eine gewisse Eigeninitiative darf ich ja wohl von Ihnen erwarten. Oder arbeiten Sie immer stur nach Anweisung."

Dann fuhr sie in einem etwas weicheren Tonfall fort:

„Ich hatte gehofft, das mein Team mich unterstützt, denn ich bin der Meinung ich bin ein Teil dieses Team und das erwarte ich von allen."

Der Kollege, ein Mann mittleren Alters, der eigentlich nie so richtig in seiner beruflichen Laufbahn vorangekommen war, sah sie verdutzt an. Er nahm sich dann aber zusammen und spulte seinen Bericht herunter.

Von den aufgelisteten Personen stammten tatsächlich vier aus der ehemaligen DDR. Einer war nach der Wende 1990 herübergekommen, die anderen im Zeitraum von vor 18 bis 20 Jahren. Einer mit seiner Familie, die beiden anderen waren alleinstehend.

Zu Ihrer Überraschung hatte der Kollege noch etwas parat.

Einer der Betreffenden, hatte gleich nach seiner Ankunft über den Suchdienst des Roten Kreuzes, nach seinem Vater gesucht, allerdings ohne Ergebnis; und er hatte noch etwas herausgefunden.

Auch das hiesige Polizeirevier war mit der Suchanzeige konfrontiert worden. Aber, und das war der Hammer, die Anzeige wurde nicht bearbeitet. Der zuständige Beamte damals war – Bötjer!

Jetzt war es an Lydia zerknirscht zu sein, sie hatte mit ihrem Rüffel dem Kollegen schwer Unrecht getan, das tat ihr sehr leid, sie entschuldigte sich bei ihm und nahm sich vor ihn in Zukunft mehr in die Arbeit einzubeziehen.

Als alle das Büro verlassen hatten wandte sie sich an Rene.

„Jetzt hab ich wohl einen dicken Bock geschossen und mir den Kollegen nicht gerade zum Freund gemacht?"

Rene lachte und schüttelte den Kopf.

„Das musst du dir nicht zu Herzen nehmen. Glaub mir, Fred ist ganz in Ordnung, und macht gute Arbeit. Er ist mehr so der Tüftler, aber äußerst akkurat und zuverlässig. Er wäre sicher schon weitergekommen in seiner Laufbahn, nur Bötjer hat ihn nie hochkommen lassen. Die beiden, sagen wir mal so, mochten sich nicht besonders gern."

Sie verständigten sich darauf, ihn mit einer Sonderaufgabe zu betrauen und speziell auf Ermittlungen in Richtung Bötjer anzusetzen.

Lydia seufzte und reckte sich einmal kräftig, Rene sah ihr dabei aufmerksam zu und fragte:

„Sag mal, warum trägst du eigentlich nie eine Waffe? Ich weiß gar nicht, ob das draußen auch so ist, ich glaube aber auch dort läufst du ohne herum."

Lydia lächelte ihm warm zu: „Wirklich süß dieser Rene." Ging auf ihn zu fasste seinen Arm und spöttelte:

„Aber ich habe doch einen starken Beschützer, du lässt mich doch nicht aus den Augen oder? Aber Spaß bei Seite, das hat keinen besonderen Grund. Ehrlich ich mag die Dinger nicht, und fühle mich unwohl beim Tragen. Bisher bin ich immer ganz gut ohne zurechtgekommen und das soll auch so bleiben. Ich glaube, jetzt ist es an der Zeit dass wir unseren Chef unterrichten und die weiteren Schritte absprechen. Ich muss an die Akte von Bötjer ran!"

Plötzlich wurde ihr bewusst, dass sie in den letzten Stunden, bei Anweisungen und Äußerungen immer die „Ich-Form" benutzt hatte. Vielleicht wäre es in Gegenwart von Rene besser gewesen „wir" zu sagen. Nach kurzem Überlegen kam sie jedoch zu dem Schluss, dass sie sich ihm gegenüber nicht zu sehr anlehnen sollte, sagte dann aber doch:

„Komm, wir wollen sehen ob wir den Abteilungsleiter noch erwischen."

Der wollte sie gerade zu sich rufen, und kam sofort auf den Toten zu sprechen.

„Ich glaube, die Tatsache, dass unsere Leiche aus der Lesum der Vermisste ist, wird immer konkreter. Sie haben sicher auch schon darüber nachgedacht welches Motiv der Täter gehabt haben könnte. Ich bin sicher, die Verbindung zu dem Vorfall 1963 wird immer wahrscheinlicher. Sie sollten als nächstes diese Männer aus den Firmen vernehmen."

Lydia nahm die Gelegenheit wahr und teilte ihm die Ermittlungsergebnisse des Kollegen Fred mit, und kam dann darauf zu sprechen wie wichtig es für ihr Weiterkommen sei, die Personalakte von Bötjer einzusehen.

Der Abteilungsleiter schmunzelte.

„Ich war sicher, Sie würden nicht locker lassen und habe in der Zwischenzeit die Akte noch mal über die Innere Revision angefordert, und siehe da, auch unser Herr Oberstaatsanwalt hat zugestimmt. Allerdings mit der Maßgabe, dass er zuerst die Akte erhält. Er gibt sie dann an mich weiter, ich hoffe heute noch, sonst werde ich ihm Beine machen. Er kann sich nicht mehr sperren und wird sich schon überlegt haben, welche Auswirkungen das politisch haben wird damit er sein Mäntelchen zeitig wenden kann. Wir nehmen darauf keine Rücksicht!"

Wieder war Lydia überrascht mit welcher Offenheit er ihnen entgegen kam.

Über sein Gesicht huschte ein Lächeln.

„Sie sind erstaunt Frau Brock, dass ich so rundheraus bin. Glauben Sie mir dafür gibt es gute Gründe. Ich schlage vor, wir warten das Studium der Akte Bötjer ab, und Sie vernehmen dann die Männer aus den Verzinkereien."

Genau so hatte Lydia sich das vorgestellt, der Mann gefiel ihr, er war auf eine Art fast so wie Bartels. Sein messerscharfer Verstand mit genau den richtigen Schlussfolgerungen erinnerte sie sehr an ihre Arbeit in Hannover. Nur fand sie die Atmosphäre hier und die Art ihres neuen Vorgesetzten irgendwie persönlicher.

Rene bot ihr an sie nach Hause zu bringen, doch sie lehnte ab. Ihm war seine Enttäuschung kaum anzumerken und sie bemerkte noch:

„Keine Sorge Rene, du weißt doch auch, dass unser Chef mich „beschatten" lässt, mir passiert schon nichts!"

Außerdem wollte sie für einen Moment alleine sein. Sie wählte den Umweg über die Strandpromenade und genoss den Wind, der ihr vom Fluss her ins Gesicht blies.

Dabei bemerkte sie, dass ihr jemand folgte. So unauffällig wie möglich versuchte sie heraus zu finden wer das war.

Der Eindruck, dass es der Mann war, der sie mit dem Fahrrad in der Nähe des Schulschiffes fast gerammt hätte, verstärkte sich.

Sie war fast sicher, setzte sich auf eine Bank und ließ den Verfolger vorübergehen. Jetzt war sie sicher. Spontan entschloss sie sich den Abteilungsleiter anzurufen, der noch in seinem Büro war.

„Sie hatten doch vorgeschlagen ich sollte auf die Spur „Brief-schreiber" einen Mitarbeiter ansetzen, und da sie mich – wie Sie sagen nur zu meiner Sicherheit – beschatten lassen, können Sie dem Kollegen mitteilen, dass der Mann, der mich verfolgt, gera-

de an mir vorbei gegangen ist. Er ist mir schon einmal aufgefallen, damals beim Schulschiff. Vielleicht gibt es da einen
Zusammenhang."

Der Abteilungsleiter musste laut loslachen.

„So, ich lasse Sie also beschatten – nur so zur Vorsicht. Frau
Brock, Sie sind nicht nur sehr hübsch, sondern auch äußerst
klug, ganz so wie ich Sie eingeschätzt habe. Es macht Spaß mit
Ihnen zu arbeiten, und da Sie jetzt schon alles über meine
Maßnahmen wissen, werde ich Ihren Vorschlag aufgreifen. Ihr
Beschatter ist übrigens S., einer meiner besten Männer. Sie erkennen ihn an seinem blonden Backenbart, und nun wünsche
ich Ihnen einen geruhsamen Feierabend, morgen wird es sicher
turbulent zugehen."

Sie blieb noch eine Weile sitzen und genoss die Ruhe hier am
Fluss. Es war schön hier, sie fühlte sich wohl.

Am nächsten Morgen versammelten sie sich alle im Be-
sprechungsraum. Der Oberstaatsanwalt war schon zugegen. Er
hielt eine Akte mit spitzen Fingern in seiner Linken, mit der
Rechten begrüßte er sie.

Wieder dieser feuchte schlaffe Händedruck, aber sie nahm sich zusammen und registrierte, dass er nur sie mit Handschlag begrüßt
hatte, die anderen mussten sich mit einem Kopfnicken begnügen.

Rene stupste sie kurz an und raunte ihr zu:

„Der soll nur nicht wieder rumeiern, sondern uns die Akte geben und verschwinden!"

Sie konnte ein Losprusten kaum unterdrücken, sie musste sich
schon sehr zusammenreißen.

Der kalte Blick des Oberstaatsanwaltes traf sie. Endlich fing er an
zu reden.

„Frau Brock, meine Herren, nach dem bisherigen Stand der Ermittlungen muss ich davon ausgehen, dass es sich hier um eine äußerst heikle Angelegenheit handelt. Es könnte sein, dass sie bei ihren Nachforschungen auf Zusammenhänge stoßen die politisch, ich sag mal, delikat sind, deshalb weise ich sie an: Wenn sie einen dieser Herren, die hier auf meiner Liste stehen, befragen müssen, will ich sofort unterrichtet werden, damit ich entscheiden kann ob ich dabei sein will. Weiterhin gehen alle Mitteilungen an die Presse nur über mich, noch Fragen?"

Da niemand eine Frage an den Oberstaatsanwalt hatte, gab dieser die Akte an den Abteilungsleiter und ging ohne Gruß.

Lydia spürte förmlich wie alle aufatmeten, sie ließ sich kurz die Berichte ihrer Mitarbeiter geben, und wandte sich dann an den Abteilungsleiter.

„Gehört mein kleiner Redakteur auch zu dem Personenkreis, die auf der Liste des Herrn Oberstaatsanwaltes stehen, und kann ich weiter mit ihm sprechen ohne „Ihn" zu unterrichten. Das ist doch Kontakt zur Presse, wie soll ich mich verhalten?"

Der Angesprochene konnte ein Lachen nicht unterdrücken, er fiel in ihren Tonfall ein.

„So wie ich informiert bin, arbeitet der Mann ja nur noch nebenberuflich bei der Zeitung und für das Archiv. Außerdem kann ich ihn nicht auf der Liste des Oberstaatsanwaltes entdecken. Also, warum sollten sie nicht hin und wieder mit dem netten Herrn mal einen Kaffee trinken gehen?"

Es war nicht zu fassen, Lydia hatte genau diese oder eine ähnliche Reaktion erwartet, der Mann imponierte ihr immer mehr.

Darüber hinaus musste er ihre Berichte genau studiert und sich gedanklich auf dieselbe Fährte gesetzt haben, die sie verfolgte. Das entsprach genau der Strategie, die sie sich vorgenommen hatte. Aber ein bisschen unheimlich war ihr dabei schon, wie er sich in ihre Lage versetzen konnte. Obwohl sie die Ermittlungen führte konnte sie sich des Eindrucks nicht erwehren, dass er einen Schritt voraus war. Darüber musste sie noch mal genauer nachdenken, das nahm sie sich vor.

Dann gab er ihr den Bericht von S. und wies darauf hin, dass er diesen beauftragt habe, weiter in ihrer Nähe zu bleiben. Irgendwie war ihr das nicht so recht, aber er wird sich das wohl überlegt haben. Sie unterließ es ihn darum zu bitten, die Überwachung einzustellen.

Aus dem Bericht von S. entnahm sie, dass es sich bei dem Verfolger um einen ca. 60-jährigen Mann handelte, der, nachdem sie in ihrer Wohnung angekommen war, dort noch eine Zeit lang herumgelungert hatte, dann aber in eine nahe gelegene Gaststätte gegangen war.

Dort traf er sich mit einem jungen, etwa 30 Jahre alten Mann. Nach einer Stunde sind beide mit einem Mietwagen, den der junge Mann fuhr, zu einer Adresse am Rande der Stadt gefahren, wo sie dann bis zum Morgen blieben. S. versuchte heraus zu finden um welche Personen es sich handelte.

Lydia kam sofort der Verdacht, dass es sich dabei um den Radfahrer vom Hafen und den Mietwagenfahrer, der sie nach dem Erhalt des anonymen Briefes gefahren hatte, handelte.

S. hatte Fotos bei seiner Observation gemacht und diese beigefügt. Sie glaubte, beide darauf erkannt zu haben.

Von S. ließ sie sich berichten, welchen Eindruck er von den beiden habe. Der war eindeutig der Meinung, dass der Ältere sie bewusst verfolgte.

Das Verhalten des jüngeren konnte er noch nicht genau einschätzen. Er bemerkte aber, dass der Abteilungsleiter ihn eindringlich darauf hingewiesen habe, wie wichtig es sei, die Männer im Auge zu behalten.

Lydia gab sich damit zufrieden und fühlte sich so auch irgendwie sicherer. Außerdem konnten sie und Rene ja nicht alle Spuren alleine verfolgen. Für sie waren jetzt die Akte Bötjer und die Vernehmung der Verzinker am wichtigsten.

„Sag mal Rene, du hast Bötjer ja noch persönlich gekannt, hier in der Akte steht, er ist im vergangenen Jahr im Alter von 62 Jahren aus gesundheitlichen Gründen ausgeschieden. Sein Dienstgrad war zu dieser Zeit Kriminalhauptkommissar, und das war er schon seit 25 Jahren.

Zuerst ging es mit seiner Karriere steil bergauf, und dann in der Mitte seiner Laufbahn kam dieser Stau. Hieraus ist nicht zu erkennen warum das so ist. 25 Jahre lang stellvertretender Kommissariatsleiter, das ist schon seltsam, oder?"

Rene zupfte sich am Ohr und antwortete nur zögernd.

„Ja, weißt du, so genau kann ich das auch nicht sagen. Ich habe ihn ja nur während der letzten drei Jahre erlebt. Er war ein guter Polizist, aber immer musste alles nach seiner Nase gehen, und wer ihm in die Quere kam, der hatte nichts zu lachen.

Auch wurde im Revier viel darüber spekuliert, dass bei bestimmten Fällen, vor allem, wenn ihm bekannte Personen darin verwickelt waren, die Ermittlungen ziemlich schlampig geführt wurden.

Das konnte er so lange machen, bis der neue Abteilungsleiter kam, an dem hat er sich die Zähne ausgebissen und ist dann freiwillig gegangen."

„In seiner Akte steht aber nichts von irgendwelchen Unregelmäßigkeiten, alles glatt und sauber, das hilft uns überhaupt nicht weiter. Ich hatte gehofft aus seiner Personalakte bestimmte Erkenntnisse zu gewinnen, die uns weiterbringen würden!"

Wieder druckste Rene ein wenig herum.

„Ich hatte auch gedacht, dass wir mehr heraus bekommen würden, aber er war hier so eine Art Patriarch und hatte, das wurde so hinter vorgehaltener Hand gesagt, alle Chefs voll im Griff."

Lydia war sehr enttäuscht, ja ärgerlich. Sie wollte die Akte schon in die Ecke donnern beherrschte sich aber.

„Na ja, dann müssen wir eben andere Quellen benutzen, um an Informationen heranzukommen. Ich bin sicher, er war ganz entscheidend in den Fall von vor vierzig Jahren verwickelt, und das ist der Schlüssel zu dem aktuellen Fall."

Sie nahm sich vor, nachdem sie die Mitarbeiter der Verzinkereien vernommen hatten, ihren kleinen Redakteur zu einer Tasse Kaffee einzuladen.

Dann gingen beide noch mal die Liste der Personen durch, die ihnen der Oberstaatsanwalt gegeben hatte und deren Vernehmung mit seiner Teilnahme verknüpft war. Sie kamen dabei zu dem Schluss, dass dieser Personenkreis erst einmal hinten an zu stellen war. Zu überlegen war noch, ob sie die Verzinker einbestellen oder an deren Arbeitsplatz aufsuchen sollten.

Lydia entschied dann, dass sie die Leute an ihrem Arbeitsplatz oder in deren Wohnung einvernehmen wollten; so musste sie nicht von ihrem bewährten Verfahren abweichen.

Obwohl sie merkte, dass Rene nicht ganz ihrer Meinung war, ließ sie keinen Zweifel aufkommen, dass nach ihrer Methode verfahren wurde.

Um ihn ein bisschen zu trösten lud sie ihn zu einem Mittagessen in Hafennähe ein.

Ihm war die Freude anzumerken, er hätte alles akzeptiert, Hauptsache er konnte in ihrer Nähe sein.

Lydia spürte das, denn ihr war es ja auch nicht unangenehm, Rene bei sich zu haben, es tat ihr sogar gut, wenn er da war.

So ließen sie für den Moment Akten, Akten sein. Sie hakte sich bei ihm ein und sie gingen los. Es gelang ihnen während des Essens nicht über den Fall zu sprechen, und sie fühlten sich richtig wohl dabei.

Sie wollten gerade das Lokal verlassen als Lydias Handy vibrierte. Der Abteilungsleiter wollte beide sofort sprechen, da einer der Verzinker sich im Präsidium gemeldet hatte, um eine Aussage zu machen.

Er würde den Mann schon mal befragen bis sie im Revier sind. Sie blickten sich verdutzt an, damit hatten sie nun überhaupt nicht gerechnet. Nahm das Ganze jetzt eine schnellere Wendung als anzunehmen war?

Lydia hatte gelernt, Fehler die sie früher gemacht hatte, nicht zu wiederholen, wie etwa an schnelle Lösungen zu glauben, und dabei andere Details außer Acht zu lassen. Sie merkte, dass Rene froh gestimmt war.

„Vielleicht kriegen wir ja schon ein Geständnis wie aus heiterem Himmel, das wäre doch schön oder?"

Sie wollte ihm nicht die Laune verderben, und sagte deshalb nur:

„Abwarten Rene, wir haben eine Leiche ohne Kopf, wir haben den Kopf in Schwefelsäure getränkt, einen Vermissten, bei dem noch nicht feststeht, ob das die Leiche aus dem Fluss ist. Es gibt noch nicht mal ein Motiv, geschweige denn eine verdächtige Person, zu der ein Motiv passen könnte.

Das Einzige was wir haben, ist eine vage Verbindung zu dem Toten von 1963, und das ist auch nur eine Vermutung. Obwohl ich sicher bin, wenn wir diese Spur weiter konsequent verfolgen, kommen wir auch bei dem aktuellen Fall weiter."

Rene schluckte ein paar Mal, ihm war das alles klar. Er wollte nur sich und ihr ein bisschen Hoffnung machen und das Arbeiten ein wenig erleichtern.

Der Abteilungsleiter empfing sie mit einem eher skeptischen Gesichtsausdruck.

„Erwarten sie nicht zu viel von der Aussage unseres „Gastes", ich habe ihn erst mal in die Obhut von Fred gegeben. Ich werde ihn gleich mal hereinrufen."

Fred gab einen kurzen Bericht von dem was der Mann bisher ausgesagt hatte, und was ihn zu seiner Aussage bewogen hat. Dabei ist nicht viel heraus gekommen, nur folgendes:

Er ist zur Kripo gekommen, weil er unter einer Bewährungsstrafe steht, die er für eine Körperverletzung aus einem Streit mit dem Liebhaber seiner Frau bekommen hat. Um deswegen keine Schwierigkeiten zu bekommen, hat ihm sein Bewährungshelfer geraten, sich an die Polizei zu wenden.

Nachdem sein Chef ihm von dem Besuch der Beamten in der Firma erzählt hatte, und er damit rechnen musste, dass weitere Fragen gestellt werden, hat er sich zu diesem Schritt entschlossen.

Zu seiner Entlastung hat er, für alle Fälle, eine Liste über seine Aufenthaltsorte, die Dauer seiner Tätigkeiten in der Firma und seiner Freizeit über den Zeitraum der letzten drei Monate gemacht.

Lydia war nicht sehr enttäuscht, irgendwie hatte sie mit so etwas gerechnet.

Dennoch wollte sie sich ein Bild von dem Mann machen und entschied sich, bei der weiteren Befragung anwesend zu sein, überließ aber Fred die Vernehmung.

Der Mann war sehr nervös, ständig rieb er seine Handflächen an der Hose ab, auch kamen seine Antworten auf die Fragen von Fred immer erst nach einigem Zögern.

Sie hatte den Eindruck, dass der Mann mit einer vorgefassten Strategie hierher gekommen war und wohl geglaubt hatte, dass er mit seiner „Liste", alles getan hatte.

Fred war ein geschickter Vernehmer, er hakte immer wieder ein, wenn der Mann ins Stocken geriet.

So erfuhren sie schnell, dass er nach der „Wende" in den Westen gekommen war. Zuerst hat er im Raum Kiel gearbeitet, dann aber nach einer längeren Arbeitslosigkeit sei er nach Bremen gekommen und hat im Mercedes-Automobilwerk gearbeitet. Dort war er nach einer längeren Krankheit ausgeschieden, bis er dann durch einen Bekannten die Arbeit hier bei der Verzinkerei gefunden hat.

Fred ließ sich Namen und Adresse des Genannten geben. Jetzt schaltete Lydia sich ein und fragte ihn, warum er diese „Liste" mit seinen Tätigkeiten der letzten drei Monate aufgestellt habe.

Dabei kam heraus, dass sein Bewährungshelfer ihm dazu geraten hatte, weil es in der letzten Zeit hier diesen Fall mit der Leiche aus dem Fluss gab.

Sie ließ sich noch den genauen Arbeitsablauf beim Vorgang des Verzinkens geben. Dann entließ sie den Mann mit dem Hinweis, dass sie sicher noch mal auf ihn zurückkommen würde.

Dem Mann war anzumerken wie erleichtert er war. An der Tür stoppte Lydia ihn noch einmal und fragte:

„Warum haben sie Angst, sie waren doch gut vorbereitet?"

Er blieb verdutzt stehen und sah sie mit weit aufgerissenen Augen an, dann platzte er heraus:

„Ich will nichts mehr mit der Polizei zu tun haben, habe jetzt andere Sorgen. Was die anderen machen geht mich nichts an. Ich habe mit der ganzen Sache nichts zu tun."

Jetzt war Lydia sicher, der Mann wusste mehr. Genau diese Erkenntnis hatte sie sich erhofft, ihre Taktik war aufgegangen. Er schien ihre Vermutung zu erahnen, seufzte einmal tief und wollte sich wieder setzen.

Fred hatte schon wieder das Aufnahmegerät eingeschaltet, weil er fest damit rechnete, dass das Verhör weiterging.

Doch zur Überraschung des Mannes und Freds, sagte Lydia:

„Danke, Sie können gehen", worauf der Verzinker fluchtartig den Raum verließ.

Fred sah Lydia fragend an.

„Warum haben Sie den denn laufen lassen, der war doch so weit und hätte uns noch mehr gesagt."

Sie lächelte: „Fred, Sie haben gute Arbeit geleistet, aber ich bin sicher wir hätten bei einer weiteren Befragung nicht viel mehr herausbekommen. Den nehmen wir uns noch mal vor, wenn wir seinen Bekannten vernommen haben, der ihm den Job bei der Verzinkerei verschafft hat. Außerdem möchte ich noch von anderer Seite hören wie das so zugeht in einer Verzinkerei, und wie man, ohne das jemand etwas merkt, einen menschlichen Kopf dort eintauchen kann.

Der Mann hat doch ausgesagt, dass bei dem Schwefelbad aus Sicherheitsgründen immer zwei Arbeiter anwesend sein müssen, das ist eine Vorschrift der Berufsgenossenschaft. Also ist doch anzunehmen, dass es einen Zeugen dabei gab!"

Fred wusste gleich worauf sie hinauswollte.

„Es sei denn, der Täter war trotz dieser Vorschriften alleine am Becken, also wurden diese nicht so gehandhabt wie es sein sollte."

„Genau Fred, ich darf doch Fred sagen oder?" Der konnte sein Erröten nicht verbergen und wandte sich ab um das Gerät wieder abzuschalten.

Deshalb fuhr sie schnell fort: „Das wird der Kern unserer Strategie sein, wir werden die Einzelnen mit dieser Tatsache konfrontieren und ich garantiere ihnen es wird Widersprüche geben. Versuchen sie weitere Informationen über unseren Besucher heraus zu finden, sie wissen schon was ich meine."

Fred war beeindruckt und dachte bei sich: „Die Frau hat es drauf!"

Das Arbeiten machte ihm wieder richtig Spaß, anders als unter Bötjer der ihn ständig ausgebremst hatte.

Gegen Abend setzte sie sich noch einmal mit Rene zusammen. Sie brauchte jemanden der ihr unvoreingenommen zuhörte. In ihrem Kopf hatte sich ein Gedanke entwickelt der ihr selbst reichlich unwahrscheinlich vorkam.

„Sag mal Rene kannst du dir vorstellen, dass wir es hier mit einer Tat zu tun haben die ganz bewusst so ausgeführt wurde, um der Polizei einen Hinweis auf das Ereignis von 1963 zu geben?"

Ihr Partner schüttelte den Kopf.

„Lydia was für ein Gedanke, wir haben, wie du selbst vorhin gesagt hast, nichts weiter als zwei Todesfälle. Der Aktuelle deutet, wenn Grünert Recht hat, auf ein Verbrechen hin.

Die Verbindung zu dem von 1963 sehe ich nur darin, dass es sich seinerzeit auch um eine Leiche ohne Kopf gehandelt hat. Was bringt dich dazu soweit zu denken?"

Sie antwortete nicht gleich, ging an die Demowand und sah sich das Bild an, auf dem der Stadtteil aus der Vergangenheit dargestellt war.

„Sieh dir das hier an, alles ist total verändert, man erkennt den Stadtteil nicht wieder. Überall neue Häuser rund um den Hafen, und hier dieses mannshohe Geländer um das Hafenbecken gab es damals auch noch nicht. Die Gefahr das jemand ins Wasser fallen konnte war sicher größer als heute, ob gewollt oder ungewollt!"

Nach einer kurzen Pause fuhr sie fort:

„Weißt du, es ist so eine Vermutung, der Täter hat die Leiche genau an derselben Stelle ins Wasser geworfen, an der auch die von 1963 gefunden wurde. Der Kopf ist im Hafenbecken abgelegt worden, weil er annahm dass der andere Kopf auch in der Nähe liegen muss.

Die Schwefelsäure hat er benutzt, damit wir nicht erkennen sollten welcher Kopf das ist. Ich bin sicher er will, dass wir bei der Suche nach ihm den alten Fall aufrollen müssen. Und wenn wir ehrlich sind machen wir das ja auch schon, weil wir sonst keine Anhaltspunkte haben. Er will erreichen, dass wir so darauf kommen und ebenfalls glauben, dass das damals kein Unfall war sondern ein Verbrechen!"

Rene runzelte die Stirn, er versuchte den Gedankengängen seiner Partnerin zu folgen.

„Aber das würde ja bedeuten, dass er eine Verbindung zu dem Toten von 1963 gehabt hat, sonst hätte er doch gar kein Motiv. Es kann ja auch sein das die Verbindung zu damals nur zufällig ist und wir uns in diese Annahme verrennen!"

Sie winkte ihn zu sich heran, zupfte an seinem Ohr und gab ihm einen Kuss auf die Wange.

„Rene du bist ein Schatz, ruf sofort den Fred herein!

Er soll gleich, vor allem anderen, sich die Vermisstenanzeige die damals, du weißt schon irgendwann Anfang der 90-ziger Jahre, hier eingegangen ist und die Bötjer liegengelassen hat, vornehmen. Na, mach schon, ich werde gleich mal meinen Freund den Redakteur anrufen."

Jetzt war er vollkommen perplex und brauchte erst mal eine Zeit um sich zurechtzufinden. Sie hatte ihn geküsst, zwar nur auf die Wange, aber das war doch schon was!

Ihren Gedankengängen konnte er im Moment nicht folgen, dafür war seine Überraschung über ihre Reaktion zu groß. Aber er tat sogleich das was sie wollte, er würde alles tun was sie wollte. Jetzt hatte es ihn richtig erwischt!

Leider konnte sie den kleinen Mann von der Zeitung nicht erreichen sie blickte auf die Uhr.

„Hast du Fred schon erreicht? Leider wird es heute nichts mehr mit meinem Freund. Es ist ja auch schon spät, komm lass uns noch ein bisschen entspannen und etwas trinken gehen, Fred kann sich auch morgen um die Sache kümmern. Ich brauche jetzt ein wenig Abstand."

Rene wusste nicht so recht was mit ihm passierte, er war völlig durcheinander. Die Frau setzte ihm ganz schön zu, aber wie sollte er sich verhalten? Doch ihre Spontaneität war ansteckend er ließ es einfach auf sich zu kommen und war gespannt darauf wie sich die Situation weiter entwickelte. Und wieder überraschte sie ihn, sie nahm seine Hand und sagte:

„Nun komm schon, lass uns zu dem kleinen Cafe am Hafen gehen ich brauche jetzt Abwechselung!"

Dabei zwinkerte sie ihm zu und gluckste:

„Glaub ja nicht, dass wir jetzt ein Paar sind, das dauert noch!"

Er reagierte gar nicht darauf und ließ sich einfach treiben, später konnte er versuchen das ein wenig zu sortieren.

Im Moment war er einfach froh darüber sie bei sich zu haben, es war ein Gefühl das er so noch nicht kannte.

Es wurde ein richtig schöner Abend, sie lachten viel und erzählten sich Dinge aus ihrer Vergangenheit, dabei flog die Zeit nur so dahin. Bis Rene dann zu ihrer Überraschung darauf drängte, Schluss zu machen und an Morgen zu denken, denn das würde sicher ein harter Tag werden.

Sie hielt für kurze Zeit inne und dachte bei sich:

„Schade, er ist wirklich süß, ich glaube, ich wäre fast soweit gewesen eine Dummheit zu machen, aber dafür war es wirklich noch zu früh!"

Sie ging dann aber auf seinen Vorschlag ein.

„Du hast ja recht, lass uns gehen, wer weiß was noch auf uns zukommt." Er brachte sie dann bis zu ihrer Wohnung, die Verabschiedung verlief problemlos, worüber beide irgendwie froh und doch ein auch wenig enttäuscht waren.

Sie nahm ein Bad und konnte sich dabei nicht dagegen wehren an Rene und seine kleinen Aufmerksamkeiten zu denken, auch war sie sicher, dass er sich in sie verliebt hatte. Irgendwie ging ihr das alles viel zu schnell, aber es tat ihr gut und sie nahm sich vor, der Sache ihren Lauf zu lassen. Sie wollte das Leben genießen, warum sollte sie sich gegen ihr Gefühl stellen?

Für den Moment wollte sie sich einfach nur entspannen und freute sich auf ihre Lieblingsmusik, die sie vor dem Einschlafen so gern hörte. Sie nahm die CD aus der Hülle, öffnete den Player und wollte die Scheibe einlegen.

Es traf sie wie ein Blitzschlag, sie war unfähig sich zu rühren. Die Angst kam wie ein eiserner Panzer, der sich vom Kopf her über ihren Oberkörper spannte und sie zu ersticken drohte.

In dem Fach des CD-Players lag eine Scheibe ohne Cover!

Nachdem sie sich etwas beruhigt hatte, schossen ihr die Gedanken durch den Kopf. Sie war hundert Prozent sicher, dass keine CD in dem Fach liegen durfte, denn sie nahm diese immer heraus, nachdem sie Musik gehört hatte.

Es muss jemand in der Wohnung gewesen sein und diese CD in den Player gelegt haben.

Dass ein Fremder hier in ihr Reich eingedrungen war, machte sie völlig unsicher und ängstlich. Sie wollte die CD gerade abspielen, um zu hören was darauf war, doch dann regte sich ihr klarer Verstand und sie glaubte, jetzt Hilfe zu brauchen. Auch fühlte sie sich nicht in der Lage allein zu bleiben, was war zu tun? Rene musste kommen, sofort.

Der hatte nur seine Mailbox an, sie brachte es gerade noch fertig eine Nachricht darauf zu stottern, dann rief sie spontan den Abteilungsleiter an. Gott sei Dank war der wenigstens da, er erklärte sich bereit, sofort zu ihr zu kommen und wies sie, an auf keinen Fall die CD abzuspielen, bis er bei ihr wäre.

Die Zeit wollte überhaupt nicht vergehen, ihr wurde schlecht vor Angst und sie musste sich übergeben. Nachdem sie sich einigermaßen erholt hatte und wieder zu sich gekommen war, ärgerte sie sich über ihre Schwäche. Zum Glück war sie allein und kein anderer hatte ihre Angstattacke mitbekommen.

Kurz darauf erschien der Abteilungsleiter mit dem Kollegen S. im Schlepptau.

Kurz darauf kam auch Rene, und sie konnte nicht verhindern ihn in den Arm zu nehmen, obwohl die beiden anderen anwesend waren. Sie musste einfach etwas Vertrautes im Arm haben, danach ging es ihr besser und sie hatte sich wieder im Griff. Rene war in die Küche gegangen und brachte eine Flasche Wasser und Gläser mit.

„Ein Schnaps wäre mir jetzt lieber, aber es ist wohl besser einen klaren Kopf zu behalten, ich weiß nicht, was ich von dem Ganzen hier halten soll!"

Alle blickten den Abteilungsleiter erwartungsvoll an, der sah Lydia mit einem weichen Lächeln an und ergriff dann das Wort.

„Ihnen steht der Schrecken ja noch ins Gesicht geschrieben, sind Sie wirklich sicher, dass die CD, die jetzt in der Anlage liegt, nicht zu Ihrem Inventar gehört?"

Lydia erwiderte, dass sie sich immer so verhalten würde und die Scheiben nach dem Abspielen herausnähme.

Auch habe sie beim Aufschließen der Wohnung und nach dem Eintreten nichts Besonderes bemerkt.

Deshalb sei sie ja so überrascht gewesen und jetzt brenne sie darauf zu hören, was auf der CD sei.

„Zum Glück haben Sie die nicht abgespielt, es ist doch anzunehmen das darauf eine Drohung an Sie gerichtet ist; nachdem was wir bisher erlebt haben, erst der Brief und dann die Beobachtung durch die beiden Männer!" er wandte sich an S.

„Was haben Sie bemerkt?"

Der druckste ein wenig herum und erklärte dann, dass er zu der infrage kommenden Zeit den Jüngeren der Männer beobachtet habe, weil der sich verdächtiger benommen hatte als der Alte.

Außerdem könne er ja nicht an den verschiedenen Orten gleichzeitig sein. Der Abteilungsleiter beruhigte ihn mit dem Hinweis, dass derjenige, der die CD hier platziert hat, ja den ganzen Tag Gelegenheit dazu gehabt hätte und er sich keine Vorwürfe machen müsse.

Dann entschied er, dass die Spurensicherung die Wohnung untersuchen müsse und die CD im Kommissariat abgehört werde.

Er fragte Lydia ob es ihr helfen wird, wenn man das heute noch machen würde, oder lieber bis morgen warten solle. Auch stelle sich ja noch die Frage, ob sie die Nacht hier in Ihrer Wohnung verbringen oder woanders übernachten wolle.

Lydia schwirrte der Kopf, aber sie zwang sich sachlich zu bleiben und drängte darauf, dass die CD noch heute gehört werden sollte.

Über ein Quartier habe sie sich noch keine Gedanken gemacht auch könne sie wohl sowieso nicht schlafen. Dabei sah sie Rene fragend an, der lächelte und sie verstand sofort. Sie wusste was sie nach der ganzen Aufregung tun würde, sich ganz fest an ihn kuscheln und sich einfach nur festhalten lassen.

Sie war so froh darüber, dass der Abteilungsleiter jetzt das Kommando übernommen hatte und bemerkte noch, trotz der ganzen Aufregung, wie souverän der die Sache in der Hand hatte. Er ordnete an, dass S. bis zum Morgen in der Wohnung bleiben sollte, und dass dann gleich das Schloss ausgewechselt werden müsste.

Dann machten sich alle Anwesenden auf den Weg ins Revier, einer der Tontechniker wurde aus dem Bett geholt und alle waren gespannt auf das, was auf der CD zu hören war.

„Hallo, Frau Brock, warum hören Sie nicht auf unsere Warnungen! Noch sind Sie gesund, das kann sich jedoch schnell ändern. Wir haben noch andere Mittel, mit denen wir unseren Forderungen Nachdruck verleihen können. Noch einmal unser guter Rat, bringen Sie sich und andere nicht weiter in Gefahr!"

Die Stimme war kaum zu verstehen, eigentlich war es nur ein Krächzen, und man konnte nicht erkennen ob es ein Mann oder eine Frau war.

In der Runde war zuerst keine Reaktion zu hören, dann ergriff der Chef das Wort:

„Mir ist im ersten Moment völlig unverständlich, was das soll. Ich glaube, die Tatsache, dass jemand in die Wohnung von Frau Brock gelangen konnte, ist erschreckender als diese Nachricht. Nur wer steckt dahinter, und warum werden Sie bedroht?" Dabei wandte er sich an Lydia.

Sie konnte nur mit einem Achselzucken reagieren, ihr war das Ganze sowie so nicht klar.

Es sei denn – sie wagte gar nicht den Gedanken zu Ende zu führen, wischte sich über die Augen und blickte in die Runde.

Wieder war es der Abteilungsleiter der sich zu Wort meldete, und zu ihrer Überraschung das aussprach, was sie gedacht hatte:

„Wenn man darüber nachdenkt, wie - nach den Aussagen des Redakteurs und von Rene – in der Vergangenheit in dem Kommissariat unter Bötjer gearbeitet wurde, dann könnte man glauben, dass diejenigen, die dahinter stecken, durch den Druck auf Frau Brock erreichen wollen, dass wir sie aus der Schusslinie nehmen, um sie zu schützen. Mit uns Anderen hätte man dann leichteres Spiel, so wie bei den früheren Fällen."

An den Tontechniker gewandt wollte er wissen, ob und wie schnell er ermitteln konnte wie dieser Träger entstanden ist, und ob man auf einen Absender schließen könne. Der hatte während der ganzen Zeit an seinen Apparaturen herumhantiert, und seufzte:

„Die einzige Chance die wir haben ist, dass die Scheibe auf einem gängigen PC erstellt worden ist. Dann besteht die Möglichkeit, den Werdegang zurück zu verfolgen, denn jeder PC hinterlässt Spuren.

Nur das kann eine langwierige Angelegenheit werden, mit dem Ergebnis, dass man die Art des PC herausfinden kann, aber damit hätte man noch lange nicht den Besitzer. Aber vielleicht haben wir ja Glück und der Ersteller ist nicht so versiert im Umgang mit der Technik und der Verfahrensweise am PC."

Der Chef beauftragte ihn, sich von jetzt an nur damit zu beschäftigen. Dann wandte er sich an die Anwesenden und entschied, dass für heute Schluss sei.

Lydia hatte sich schon an Rene gehängt, und der erklärte sich bereit sie in ein Hotel zu bringen und ebenfalls dort einzuziehen. Sie nahm seinen Arm und blickte ihn voll an.

„Sag mal Rene, wo wohnst du eigentlich? Ich bin gespannt ob du Tee zu Hause hast!"

Er hatte so darauf gehofft, dass ihre Reaktion in Ihrer Wohnung dazu führen würde, dass sie sich in seine Obhut begibt, doch wirklich daran geglaubt hatte er nicht. Sein Herz schien ihm aus dem Hals zu fliegen, so aufgeregt war er. Lydia merkte das und sagte nur:

„Komm, lass uns gehen, ich brauche jetzt Ruhe!"

* * * * *

Der kleine Redakteur stemmte sich gegen den Wind, der jetzt stark aus Osten blies. Er hatte gar nicht mehr vor gehabt, heute das Haus zu verlassen, sondern wollte sich eigentlich einen gemütlichen Abend machen und in seinen alten Geschichtsbüchern schmökern. Doch der Fotograf hatte ihn angerufen und ihn gebeten, sich mit ihm zu treffen. Zuerst wollte der nicht so recht mit der Sprache heraus, um was es denn ginge.

Aber dann sagte er, dass er sich bedroht fühle und jemanden brauche, mit dem er darüber sprechen könne.

Die beiden waren seit über vierzig Jahren befreundet und so war es für ihn selbstverständlich, dass er der Bitte des Fotografen nachkam. Auch weil der nicht mehr so gut in Form war wie er – die Augen machten dem Freund Probleme – hatte er sich auf den Weg gemacht.

Ganz wohl war ihm nicht dabei, denn nach dem Besuch der hübschen Kommissarin waren einige Dinge passiert, die er und auch der Fotograf nicht so richtig einschätzen konnten. Übrigens hatte er sich vorgenommen, sie gleich morgen früh zu treffen, denn sie hatte eine Nachricht auf seinem Anrufbeantworter hinterlassen und mitgeteilt, dass sie ihn sprechen wollte.

Eine bemerkenswerte Persönlichkeit; er freute sich schon darauf mit ihr zu reden und nahm sich vor, ihr alles rückhaltlos über den „Unfall" von damals zu berichten, das wollte er auch mit dem Fotografen besprechen. Es wurde endlich Zeit, dass Licht in dieses Dunkel kam und den Machenschaften der Leute in der Marinekameradschaft das Handwerk gelegt wurde.

Mit diesen Gedanken beschäftigt machte er sich auf dem Weg zu seinem Freund.

Es traf ihn völlig unvorbereitet! Er bekam einen Schlag von hinten, wurde durch die Luft geschleudert, und knallte mit voller Wucht aufs Pflaster. „Oh mein Gott!" dann wurde alles schwarz um ihn herum!

* * * * *

Der Anruf erreichte Lydia beim Frühstück mit Rene in dessen Wohnung. Sie hatten die Nacht zusammmen verbracht, aber nicht so wie sie sich das eigentlich gewünscht hatte. Doch im nach hinein war sie froh darüber, denn sie war in seinen Armen eingeschlafen und Rene hatte sich nicht gerührt, wofür sie ihm sehr dankbar war.

Zu ihm gewandt sagte sie:

„Du, ich glaube die Warnung gestern war doch wohl ernster gemeint, als wir zuerst gedacht haben. Der kleine Redakteur liegt im Krankenhaus, angeblich ein Unfall mit Fahrerflucht. Er ist schwer verletzt und nicht ansprechbar!"

Es machte sie traurig, und mit einer resignierten Geste legte sie das Handy zur Seite. Sie mochte den kleinen Mann und jetzt musste er wahrscheinlich darunter leiden, weil sie Kontakt zu ihm aufgenommen hatte. Gemeinsam machten sich auf den Weg ins Revier.

Dort wurden sie schon von dem Abteilungsleiter erwartet. Er hatte Besuch, der Fotograf war bei ihm, völlig aufgelöst.

Der Chef bat Lydia und Rene sich zu setzen und informierte sie kurz.

„Ich habe Herrn Marx gebeten, mit seinem Bericht zu warten bis ihr hier seid. Nur so viel weiß ich schon, der kleine Redakteur war auf dem Weg zu ihm."

Er wandte sich an den Fotografen.

„Herr Marx, sind sie jetzt in der Lage uns zu erzählen, worum es bei dem Treffen mit dem Redakteur gehen sollte? Bitte sprechen sie frei, wir sortieren dann schon alles."

Der Fotograf nahm einen Schluck von dem Kaffee, der bereitgestellt war, schlug die Hände vors Gesicht und presste heraus:

„Wir hätten es wissen müssen! Seit Jahren hat Fritz Daten über die Aktivitäten der Marinekameradschaft gesammelt und diese zusammengestellt.

Er wollte eine Dokumentation aller Schandtaten des Zirkels erstellen und nannte das die Digitalisierung seines Archivs!"

Hier unterbrach Lydia ihn und fragte:

„Entschuldigen sie bitte Herr Marx, mir hat der kleine Mann auch erzählt, dass er sich um die Aufarbeitung des Archivs kümmern würde. Ich hatte allerdings den Eindruck, er wurde von der Zeitung dazu beauftragt?"

„Ja, so war das auch, aber Fritz hat die Gelegenheit dazu benutzt, Material über die Marinekameradschaft zu sammeln, um dieses dann für seine Dokumentation zu verwenden. Ich denke mal „Die" haben irgendwas spitz gekriegt von dem, was er vorhatte. Fragen sie mich nicht woher!"

Er machte eine Pause, nahm noch einen Schluck Kaffee und fuhr dann mit dem Kopf schüttelnd fort:

„Es ist wie ein Krebsgeschwür, das sich im Laufe der Jahre hier in der Stadt ausgebreitet hat. Überall haben sie ihre Finger im Spiel und mischen bei allen wichtigen Dingen mit"

Lydia blickte den Abteilungsleiter hilfesuchend an, der verstand sofort und fragte den Fotografen:

„Können sie uns das näher erklären, und vor allem, wo ist der Zusammenhang mit dem Unfall des Redakteurs?"

Der Fotograf blickte ungläubig von einem zum anderen in die Runde, besann sich einen Augenblick lang und sagte:

„Ich muss mich entschuldigen, das alles klingt für sie sicher ein bisschen verworren. Ich will versuchen das Wesentliche heraus zu stellen.

In der Marinekameradschaft sind quasi der größte Teil der Geschäftsleute vertreten, die fast 70 Prozent des Grundbesitzes hier im Stadtteil ihr Eigen nennen. Wer hier sein Auskommen haben will, ist von den Vermietern der Läden abhängig. Außerdem sitzen sie in allen politischen Gremien und zwar parteiübergreifend; sie stellen Ortsamtsleiter, Bürgerschaftsmitglieder, ja sogar Senatoren, und beim Bund Staatssekretäre und Minister!"

Wieder musste er eine Pause machen. Lydia konnte es schon gar nicht mehr abwarten, sie ahnte bereits worauf der Fotograf hinaus wollte. Der Abteilungsleiter bemerkte ihre Ungeduld, machte ihr aber ein Zeichen, sich vorerst zurück zuhalten.

Endlich kam der Fotograf auf den Kern zu sprechen und fuhr fort:

„Es fing wieder an, nachdem der Tote in der Lesum gefunden wurde. Das muss ein schwerer Schock für „Die" gewesen sein, denn es lag ja auf der Hand, dass die Polizei ermitteln würde, und in der Zeitung wurde ja auch gleich die Verbindung mit dem Toten von 1963 angezeigt. Da liegt der Hund begraben. Fritz und wir anderen, damit meine ich die nicht zu den Marineleuten gehörenden, glaubten schon damals daran, dass die Marine darin verwickelt war.

Doch wir hatten keine Beweise, und Bötjer hat dann dafür gesorgt, dass die Sache unter der Decke gehalten wurde."

Jetzt hakte der Abteilungsleiter noch einmal ein.

„Was meinen sie bitte mit Machenschaften, gab es noch mehr Dinge, die gegen das Gesetz verstießen?"

Der Fotograf schüttelte den Kopf.

„Nein, das nicht, nur sie haben immer alles durchgesetzt was ihnen nützte, ohne Rücksicht auf die Allgemeinheit. Ich meine damit Vetternwirtschaft, oder sagen wir mal besser Korruption."

Er lehnte sich zurück und sagte:

„Das musste mal heraus, und wenn Fritz nicht wieder auf die Beine kommt, sollen sie dafür bezahlen."

Nun konnte Lydia nicht mehr an sich halten.

„Aber das bedeutet ja, sie vermuten die Sache mit dem Unfall des Redakteurs war kein Zufall. Doch dafür gibt es keinen Anhaltspunkt, nur ihre Vermutung!"

Der Fotograf schwieg eine Zeitlang, er sackte ein bisschen in sich zusammen und blickte sie dann voll an. Sie bemerkte Tränen in seinen Augen, als flehe er sie an, ihm zu helfen. Gleichzeitig merkte sie wie schwer es ihm fiel, weiter zu reden; doch dann kam noch was.

Er sog den Atem heftig ein und es ging ein Ruck durch seinen Körper.

„Das Schlimme ist, ich bin wohl Schuld daran, dass sie Fritz erwischt haben!"

Er machte wieder eine Pause und sah sehr gequält aus.

„Gestern Morgen war Bötjer bei mir!"

Er wandte sich Lydia zu und fuhr fort:

„Er wollte wissen, was sie von mir wollten und ob es sich dabei um die Fotos handeln würde, die ich damals -1963 - gemacht hatte. Ich habe ihn vor die Tür gesetzt und ihm geraten, uns in Ruhe zu lassen.

Worauf er meinte, darüber sei das letzte Wort noch nicht gesprochen, Fritz und ich würden uns noch wundern!

Darauf hin hatte ich Fritz gebeten zu mir zu kommen, aber so ernst habe ich die Drohung natürlich nicht genommen. Ich wollte mit ihm besprechen wie wir uns verhalten wollen, ich hätte ihn eindringlicher warnen müssen, ich bin schuld!"

Jetzt konnte er sich nicht mehr zurückhalten und fing an zu weinen, auf einen Wink des Chefs verließen die drei das Büro!

Auf dem Flur mussten sie sich erst einmal sammeln. S. wurde herbeigerufen und beauftragt, sich mit den Kollegen von der Verkehrspolizei in Verbindung zu setzen.

Lydia schaltete sich ein, ihr war der Verdacht gekommen, dass der Mietwagenfahrer etwas mit dem Unfall zu tun haben könnte. Es war nur so ein Gefühl, aber jetzt mussten sie allen möglichen Spuren nachgehen. So gab sie diese Vermutung S. mit auf den Weg. Er sollte bei seinen Nachforschungen die Fahrzeuge des

Mietwagenunternehmens mit einbeziehen. An den Abteilungs-leiter gewandt bemerkte sie:

„Diese politischen Verwicklungen, die der Fotograf angedeutet hat, machen uns die Arbeit nicht gerade leichter. Ich sehe auf den ersten Blick eigentlich nur Bötjer darin involviert. Vielleicht war der ja so etwas wie der „Verlängerte Arm" zu den Behörden!" Ihr Chef antwortete nicht gleich, sondern blickte nachdenklich aus dem Fenster.

„Irgendwie passt das alles zusammen was Marx uns da über den Einfluss der Marinekameradschaft gesagt hat. Ich hatte einen Anruf von Grünert. Der Vertrag seines Instituts mit der Strafver-folgungsbehörde soll nicht verlängert werden. Angeblich bestehen EU-Verfügungen, dass solche Leistungen nach Ablauf eines Vertrages neu ausgeschrieben werden müssen, und es hat sich schon eine Gruppe niedergelassener Ärzte um die Arbeit der Rechtsmedizin beworben. Er war schwer getroffen und bangt um die Zukunft seines Instituts. Auch für uns kann das bedeuten, zukünftig mit anderen Leuten zusammen arbeiten zu müssen. Aber das alles hilft uns bei den Ermittlungen nicht weiter, haben sie noch Fragen an Herrn Marx?"
Lydia wollte natürlich wissen, ob und wie man an die Unterlagen des kleinen Redakteurs herankommen kann, vielleicht konnte der Fotograf ja helfen.
Also gingen die drei noch einmal zu ihm ins Büro. Marx hatte sich in der Zwischenzeit wieder einigermaßen gefasst, und sie konnten die Befragung fortsetzten. Lydia übernahm jetzt diese Aufgabe, geschickt lenkte sie das Gespräch auf die Rolle von Bötjer.

„Herr Marx, wenn ich sie vorhin richtig verstanden habe ver-muten Sie, sagen wir mal zusammengefasst, dass Bötjer über die ganze Zeit so etwas wie der Verbindungsmann zur Behörde für diese Leute war und es heute auch noch ist.

Durch den aktuellen Fall des Toten in der Lesummündung, wenn wir annehmen, dass die beiden Fälle wie auch immer in Zusammenhang stehen, besteht nun bei den Marinern die Angst, wir könnten durch unsere Ermittlungen auch auf Spuren stoßen, die den Fall von 1963 zur Aufklärung bringen könnten. Ihre Vermutung stützt sich darauf, dass „Die" verhindern wollen, dass wir an die Aufzeichnungen des kleinen Redakteurs kommen!"

Der Fotograf nickte zustimmend und ergänzte dann:

„Genau so ist es, wir glauben, dass es damals kein Unfall war, und Bötjer genau wusste, was damals passiert ist.

Fritz war der Meinung, dass einer der Marinesoldaten für den Tod des Jungen von den Loggern verantwortlich war. Was das Ganze jetzt mit dem Toten aus der Lesum zu tun hat, weiß ich auch nicht. Nur soviel: „Die" wollen verhindern, dass eine Verbindung zu damals hochkommt."

Lydia fragte ihn:

„Wissen Sie denn wo Ihr Freund seine Unterlagen aufbewahrt hat, in der Redaktion oder bei sich zu Hause?"

Der Fotograf zuckte mit den Schultern:

„Das weiß ich leider nicht so genau. Er hat ab und zu mal darüber geklagt, dass sein alter PC zu Hause nicht mehr genügend Speicherkapazität habe, und er sich bei Zeiten einen Neuen besorgen müsse. Bis dahin hat er die Daten auf verschiedenen Trägern gesammelt. Ich nehme an, er hat diese bei sich zu Hause aufbewahrt."

Jetzt griff der Abteilungsleiter ein.

„Hat er Verwandte, an die wir uns wenden können, denn wir müssen in seine Wohnung?"

Der Fotograf schüttelte den Kopf.

„Nein, Fritz war überzeugter Junggeselle und ohne Familie!"
Er zögerte ein wenig und musste runterschlucken:

„Ich glaube, ich weiß worauf Sie hinaus wollen. Wenn Fritz im Koma bleibt, brauchen Sie einen Durchsuchungsbeschluss, um in die Wohnung zu kommen. Aber ich denke, ich kann Ihnen helfen. Fritz ist der Patenonkel meines Sohnes, und der hat seit ungefähr einem Jahr eine Vollmacht für verschiedene Dinge von ihm. Wir hatten alle gehofft, dass wir die nie brauchen würden, aber jetzt ist es wohl gut, dass so etwas vorhanden ist. Wenn Sie wollen rufe ich meinen Sohn gleich an, dann kann er mit Ihnen in die Wohnung gehen."
Die drei blickten sich verdutzt an.
Der Abteilungsleiter fing sich als Erster und bemerkte:

„Welche Zufälle es doch gibt und wofür diese Dinge gut sind, man sollte es nicht glauben."
Er wandte sich an Marx.

„Das wäre sehr entgegenkommend von Ihnen und würde uns helfen. Ich glaube sie brauchen jetzt ein wenig Ruhe, wir bringen sie nach Hause."
Nachdem der Fotograf seinen Sohn angerufen hatte, nahmen Rene und Lydia ihn in die Mitte und brachten ihn auf seine Bitte hin zu dem Haus seines Sohnes.
Der wartete schon auf sie und nachdem sich seine Frau um Marx kümmerte, bot er gleich an, mit ihnen zu der Wohnung des kleinen Redakteurs zu fahren.
Er hatte den Schlüssel schon parat.

„Wissen Sie, Fritz ist nicht nur mein Patenonkel, wir sind auch Freunde. Seit meiner Kindheit hat er sich um mich gekümmert und gefördert wo er nur konnte. Ich habe ihm viel zu verdanken, hoffentlich wird er wieder gesund!"

Sie betraten eine helle, freundliche, sehr ordentliche Wohnung. Der Sohn des Fotografen ging voran und öffnete die Tür zum Arbeitszimmer.

„Bitte sehen Sie sich um, der PC steht hier. Er setzte sich an den Schreibtisch und wollte den Computer anstellen.
Lydia konnte ihn noch rechtzeitig daran hindern.

„Halt, wir müssen erst das Umfeld untersuchen, außerdem ist zu überlegen, ob wir den Computer von einem Spezialisten checken lassen."
Der Sohn des Fotografen hielt inne und sah sie verständnislos an.

„Aber das gibt es doch gar nicht, das ist ja unmöglich!" rief er.
Lydia trat hinter ihn, er zeigte auf das Gerät und sagte:

„Das ist nicht der Computer von Fritz, das ist ein ganz anderer!"
Er sprang auf und krabbelte unter den Schreibtisch.

„Hier sehen Sie doch, der Rechner ist ausgetauscht worden!"

„Woher wissen Sie das so genau, was haben sie mit dem PC des Redakteurs zu tun?"
Der Sohn setzte sich wieder an den Schreibtisch.

„Ich bin ganz sicher, denn ich habe erst vorgestern eine zusätzliche Festplatte eingebaut. Fritz wollte mehr Speicherkapazität haben, deshalb weiß ich, dass dies nicht der Rechner ist, den er zuletzt benutzt hat. Wie kann das angehen, das gibt es doch gar nicht, hier kommt doch keiner rein!"
Lydia fasste ihn am Arm.

„Was meinen Sie damit, wann waren Sie denn zuletzt hier?"

„Na vorgestern und gestern, ich hatte ihm ein paar Fotos von unserer letzten Urlausreise auf Kreta gebracht. Er wollte über Weihnachten dort hinfahren und sich ein wenig erholen."
Lydia und Rene sahen sich verständnislos an.

Schon wieder war jemand in eine Wohnung eingedrungen, ohne Spuren zu hinterlassen, was steckte dahinter?

„Sagen Sie, ist die Wohnung Eigentum des Redakteurs oder hat er sie gemietet, und wenn gemietet, wer ist der Vermieter?"
Der Sohn war ebenso fassungslos wie die beiden.

„Soviel ich weiß, hat er die Wohnung über einen Makler angemietet, erst letztes Jahr, als er sein kleines Häuschen verkauft hat. Er wollte sich ganz um sein Hobby – Geschichte und alte Sprachen – kümmern und nicht mehr im Garten arbeiten müssen."
Lydia rief die Spurensicherung an und bestand darauf, dass dieselben Leute kommen sollten, die ihre Wohnung untersucht hatten, an den Sohn gewandt fragte sie noch:

„Können Sie mit uns in Verbindung bleiben? Ich glaube wir brauchen Sie noch. Wissen Sie über welchen Makler Ihr Patenonkel die Wohnung angemietet hat?"

„Na klar, das war ... "
Er nannte den Namen des Bekannten von Rene, der nur mit dem Kopf schüttelte so als wollte er sagen: „Das ist unmöglich!"
Sie überließen der Spurensicherung die Wohnung, baten den Sohn sich um seinen Vater zu kümmern und alles sofort zu berichten, was ihm in diesem Zusammenhang merkwürdig vorkommen würde.

Lydia musste erst einmal nachdenken, jetzt hieß es das Ganze zu sortieren. Es war viel geschehen in den letzten beiden Tagen, aber weiter gebracht hatte sie das nicht. Im Gegenteil, es wurde nur komplizierter und alles, was passiert war, hatte nur indirekt mit dem aktuellen Fall zu tun.
Deshalb entschied sie erst einmal ins Revier zu gehen und die bisherigen Ermittlungsergebnisse zu ordnen. Dabei verstärkte sich ihr Eindruck, den sie auch Rene gegenüber bereits geäußert

hatte. Der Täter hatte es darauf abgesehen, dass der alte Fall erneut aufgerollt werden sollte und nur die Aufklärung dieses 40 Jahre zurückliegenden Ereignisses zur Lösung des jetzigen Falles führen kann.

Die Frage war nur, welches Motiv er dabei hatte. Denn in der Konsequenz würde die Polizei ja auch ihm auf die Spur kommen.

War das so beabsichtigt? Das war die entscheidende Frage.

Sicher war jedenfalls, dass die damals an dem „Verbrechen", wenn es denn eines war, Beteiligten, alles versuchten neue Ermittlungen zu der alten „Geschichte" zu verhindern. Sie schreckten nicht einmal davor zurück, Menschen beiseite zu räumen.

Der Gedanke an den kleinen Redakteur tat ihr weh. Sie dachte daran ihn zu besuchen, auch wenn er nicht ansprechbar war. Sie glaubte aber, es könnte ihr bei ihrer Einstellung zu den ganzen Vorgängen helfen. Auf dem Rückweg zum Revier teilte sie Rene diese Gedanken mit.

Der konnte ihr nur zustimmen, schlug aber vor, erst einmal zu überlegen, welche Schritte die nächsten sein sollten.

Er hatte daran zu knabbern, dass der von dem Sohn des Fotografen genannte Makler ein Freund von ihm war, der möglicherweise mit der Sache zu tun hatte. Im Revier angekommen ergab sich dann die weitere Vorgehensweise von selbst, denn auf ihrem Schreibtisch lag der Bericht des Rechtsmediziners Grünert. Danach stand folgendes fest:

Der Tote aus der Lesummündung war der vermisste Prader, die DNA- Analyse war eindeutig. Also war jetzt endgültig klar, dass es sich um einen Mord handelte, und für sie stand fest, die Spur „Verzinker" musste als erstes weiter verfolgt werden!

„Wir müssen alle zusammenrufen und den Chef informieren. Ich glaube der nächste Schritt, den wir machen, ist der entscheidende in die richtige Richtung."

Rene war einverstanden, er grübelte jedoch immer noch darüber nach wie sein Freund, der Makler, in der Sache drin steckten würde.

Nachdem sie den Abteilungsleiter informiert hatten, und alle Mitarbeiter anwesend waren, fasste Lydia die Ereignisse der beiden letzten Tage kurz zusammen und verteilte anschließend die Aufgaben für die einzelnen Bereiche.

Als sie gerade an die Arbeit gehen wollten stürmte der Oberstaatsanwalt in das Zimmer und schwenkte eine Akte in seiner Hand.

Ihm war anzumerken, dass er sich kaum in der Gewalt hatte, seine Stimme überschlug sich fast.

„Frau Brock, was fällt Ihnen ein! Warum erfahre ich erst jetzt durch die Rechtsmedizin, dass der Tote aus der Lesummündung der Vermisste ist. Wir haben es hier mit einem Mord zu tun, und Sie stochern immer noch in dem alten Fall herum, binden damit etliches Personal und kommen nicht weiter!"

Dabei vermied er es den Abteilungsleiter anzusehen. Lydia hatte so etwas erwartet und war überhaupt nicht eingeschüchtert von seinem Getue. Sie sah zu ihrem Chef hinüber, der nickte kurz und ging auf den Oberstaatsanwalt zu, nahm ihm die Akte aus der Hand und sagte in einem scharfen Ton:

„Herr Oberstaatsanwalt, Sie hatten angeordnet das Informationen über den Stand der Ermittlungen an Sie nur über mich gehen sollten, und das ist geschehen. Also schlagen Sie nicht auf jemanden ein, der es nicht verdient hat. Frau Brock und ihr Team leisten hervorragende Arbeit, sind genau auf der richtigen Spur und das aufgrund einer Vorgehensweise, zu der sich Frau Brock in Abstimmung mit mir entschieden hat. Sie hat mein volles Einverständnis."

Der Oberstaatsanwalt blickte ihn an, als wollte er ihm an die Kehle gehen, hielt sich dann aber wegen der versammelten Mannschaft zurück, schmiss Lydia einen giftigen Blick zu, und rauschte aus dem Zimmer, wobei er noch knirschte:

„Hoffentlich kommen sie mir bald mit einem Antrag auf einen Haftbefehl, ich will jetzt Ergebnisse!"

Lydia dachte bei sich:

„Du wirst dich noch wundern, wen wir verhaften werden."

Sie hatte schon eine Vorstellung davon wie das weiter ablaufen würde.

In ihren Kopf nahm die Lösung des Falles immer konkretere Formen an, sie wollte nur noch bestimmte Dinge abwarten.

Nach dem peinlichen Auftritt des Oberstaatsanwaltes konnten sie nun endlich an die Arbeit gehen. Sie bat Fred noch zu bleiben, ihr war jetzt wichtig wie weit er mit seinen Nachforschungen in bezug auf die Vermisstenanzeige von Anfang der 90-er Jahre war. Fred hatte zu ihrer Überraschung schon ein Ergebnis parat. Er hatte den Namen des Anzeigers über den Suchdienst des Roten Kreuzes herausgefunden – Adolf Mirchov – so nannte er sich jedenfalls, suchte seinen Vater, dessen uneheliches Kind er war. Diese Angaben hatte er jedenfalls gegenüber dem Roten Kreuz gemacht, Fred war jetzt daran, ihn ausfindig zu machen.

Lydia war froh, denn das lag genau auf ihrer Linie. Sie bat Fred alles daran zu setzen, um den Mann zu finden.

„Das ist unsere Schlüsselfigur; ich bin sicher, über diesen Weg kommen wir auch wieder auf unseren Freund aus der Verzinkerei, den mit der Alibiliste!"

Auf dem Flur wartete S., er hatte den Bericht der Verkehrspolizei, die den Unfall mit dem Redakteur aufgenommen hatte und berichtete:

„Nach den ersten Ermittlungen der Kollegen handelt es sich bei dem Unfall möglicherweise um einen beabsichtigten Anschlag auf den kleinen Redakteur. Es waren keine Bremsspuren vorhanden. Der Fahrer muss ihn mit voller Wucht erfasst haben und davon gefahren sein, auch nach der Unfallstelle waren keine Bremsspuren zu entdecken."

S. holte tief Luft und berichtete dann:

„Von den befragten Anwohnern konnte keiner nähere Angaben machen, es muss alles sehr schnell gegangen sein.
Der kleine Mann hatte keine Chance. Ich habe die Fahrzeuge der Mietwagenfirma alle untersucht, und konnte dabei keine Unfallspuren an den Autos feststellen. Ich bin dabei zu überprüfen, wo sich die einzelnen Fahrer zu der in Frage kommenden Zeit aufgehalten haben, dafür brauche ich allerdings noch ein wenig Zeit. Die Kollegen von der Schutzpolizei helfen mir dabei, denn es handelt sich hier mindestens um dreißig Leute!"

Lydia unterbrach ihn:

„Nehmen Sie sich als erstes den Mann vor, der mir den Brief in das Hotel gebracht hat. Sie wissen schon, den sie auf dem Foto hatten, als sie herausbekommen haben, wer mich beobachtet hat. Ich glaube dann ersparen wir uns viel Arbeit."

S. nahm diesen Hinweis gerne auf und machte sich auf den Weg.
In einer kleinen Pause dieser turbulenten Ereignisse nahm Rene sie zur Seite.

„Was glaubst du, wäre es dir recht, wenn ich mir jetzt gleich den Makler, meinen Freund …", er verzog das Gesicht, man konnte ihm unschwer anmerken wie unangenehm ihm das war.

Lydia wollte ihm die Angelegenheit nicht allzu schwer machen, strich ihm über den Oberarm und sagte:

„Du machst dir Vorwürfe, weil du denkst der Makler könnte hinter der Schüsselgeschichte stecken und so jemand unbemerkt in die Wohnung des kleinen Redakteurs und auch in meine eindringen konnte, so denkst Du doch, oder?"

Rene blickte sie mit weit aufgerissenen Augen an, diese Frau war ihm schon fast unheimlich mit ihrem scharfsinnigen Verstand!

Sie verstand es, die Dinge ohne große Umschweife auf den Punkt zu bringen und war ihm immer einen Schritt voraus.

Kopfschüttelnd entgegnete er ihr:

„Lydia du bist mir über, wie kommst du darauf, dass der Makler etwas mit den Schlüsseln zu tun hat. Glaubst du denn, dass der diese an andere weitergegeben hat, normal werden doch alle Schlüssel an den Vermieter ausgehändigt!"

Jetzt hatte sie das Gefühl ihn trösten zu müssen, doch das war jetzt nicht angebracht, persönliche Dinge mussten hinten anstehen. Schließlich handelte es sich um einen Mord und im Falle des kleinen Redakteurs zumindest um einen Mordversuch, deshalb antworte sie scheinbar kalt:

„Du nimmst dir den Makler vor, und bitte keine Sentimentalitäten von wegen alter Freundschaft und so, aber du machst das schon."

Ihm war nicht wohl in seiner Haut, hatte er doch gehofft, sie würde bei der Vernehmung dabei sein, das wäre für ihn leichter gewesen. Doch irgendwie hatte sie Recht, er musste da selbst durch und konnte sich nicht hinter ihr verstecken. So entschloss er sich den Makler überraschend auf zu suchen.

Lydia nahm sich noch mal die Akte von Bötjer vor, sie war fast sicher, zumindest hatte sich nach den letzten Ereignissen der

Eindruck bei ihr verstärkt, dass sie in beiden Fällen nur über ihn weiterkommen würden.

Sie musste sich mit dem Abteilungsleiter beraten und ihm ihre Vorschläge für das weitere Vorgehen vortragen, denn jetzt würde sich die ganze Sache in Kürze entscheiden.

Der Chef empfing sie gutgelaunt.

„Nun, Frau Brock, ist es nicht ein wenig zu früh einen Haftbefehl für Bötjer zu beantragen?"

Jetzt war sie daran, überrascht zu sein. Wie konnte er wissen, dass sie gerade diese Möglichkeit mit ihm besprechen wollte?

„Wie kommen Sie denn darauf, können sie Gedanken lesen?"

Er lächelte und wies auf die Akte in ihrer Hand.

„Na ja, zumindest schleppen Sie seine Personalakte mit hierher, also wollten sie mit mir darüber reden, ob es Sinn macht, Bötjer jetzt schon zu vernehmen. Verhaften können wir ihn mit Sicherheit noch nicht, dafür fehlt uns noch entsprechendes Belastungsmaterial!"

Mit dieser Aussage hatte er wieder ihre Gedanken ausgesprochen. Was für eine außergewöhnliche Persönlichkeit dieser Mann doch war. Fast eingeschüchtert setzte sie sich auf den Stuhl, den er ihr zurecht schob. Das Lächeln auf seinem Gesicht half ihr, sich wieder ein wenig sicherer zu fühlen.

„Sie müssen sich nicht wundern, Frau Brock, ich kann weder Ihre Gedanken lesen, noch in die Zukunft schauen, und mir fällt es genauso schwer Zusammenhänge zu erkennen, wie Ihnen oder anderen Kollegen. Doch ich habe gelernt, die Dinge immer aus der Sicht zweier Beteiligter zu sehen, und da ihre sich mit der meinen deckt, ist es nicht schwer darauf zu kommen, was sie vorhaben. Ich will keinen Vortag halten, nur sollten wir beide die Sache jetzt aus der Sicht von Bötjer sehen!"

Lydia hob die Hand, nicht um ihn zu unterbrechen, sondern um erst mal Luft zu schöpfen. Sie hatte sich im Moment ziemlich klein gefühlt, und kam erst jetzt dazu vorzutragen, was sie eigentlich wollte.

Der Abteilungsleiter ermunterte sie und so kam es zu einem Dialog, wie sie den in ihrer bisherigen Tätigkeit als Kriminalistin noch nicht geführt hatte. Sie begann:

„Sie meinen, mit ihrer Methode kommen wir näher an Bötjer heran als wenn wir uns an das halten, was aus seiner Akte hervorgeht, und wir stellen uns vor in welcher Situation er sich damals befand und in welcher er heute ist."

Ihr Gegenüber hatte sich etwas zurückgelehnt und erwiderte:

„Genau, nur dürfen wir nicht vergessen, wenn unsere Annahmen zutreffend sind, dass er während der ganzen zurückliegenden 40 Jahre immer unter Stress gestanden haben muss, denn für ihn galt es ja, eine Tat über so viele Jahre zu vertuschen."

„Und jetzt hat der Mordfall Prader ihn zu unüberlegtem Handeln veranlasst. Aus Angst vor den neuen Ermittlungen zu den damaligen Ereignissen, auf die er jetzt keinen Einfluss mehr nehmen konnte, ist es zu dieser Reaktion gekommen. Denn er wusste genau, dass wir bei den Untersuchungen im Fall Prader auf den ungeklärten „Unfall" von 1963 stoßen würden."

„Deshalb der Anschlag auf den kleinen Mann von der Zeitung, denn er vermutete, dass der in seinen Aufzeichnungen zumindest Verdachtsmomente zu dem damaligen Vorfall hatte, die uns nicht in die Hände fallen sollten. Die Drohung gegen Sie, die Verbindung zu den „Marinern", alles deutet darauf hin!

Doch fangen wir von vorne an: Der Vater von Prader ist der Bruder von Bötjer, ich gehe davon aus, dass der damals auch an dem Verschwinden des Loggerjungen zumindest beteiligt war.

Bötjer hat davon gewusst, oder sein Bruder hat ihn um Hilfe gebeten."

„Oder er war selbst beteiligt!"

„Mag sein! Das ist sogar wahrscheinlicher als alles andere, denn sonst würde er wohl nicht die Energie aufgebracht haben, über die ganzen Jahre diesem Druck standzuhalten!"

„Vielleicht gibt es sogar eine Verbindung zu dem Mord an Prader. Es ist nur ein Gefühl, aber der Mord an Prader war kein Zufall, sondern ein Racheakt, der mit dem Verschwinden des Loggerjungen zu tun hat. Denn der Mord weist zu viele Parallelen zu dem von damals auf."

„Und der Täter wollte uns durch diese Art der Tat auf das Geschehen von damals bringen. Das war bisher nur so ein Gedanke, aber ich bin aufgrund der letzen Ereignisse ziemlich sicher, dass es so sein könnte. Einzig das macht Sinn, denn der tote Prader konnte ja nicht in den Fall von 1963 verwickelt gewesen sein, der hat zu der Zeit ja noch nicht gelebt. Sicher sollte das auch eine Warnung an die damaligen Täter sein mit der Botschaft: So kann es euch auch ergehen!"

„Halt, sie gehen davon aus, dass es damals ein Mord, und das Opfer einer der Loggerjungen war, warum sind Sie da so sicher?"

„Mein erstes Gespräch mit dem kleinen Redakteur geht mir nicht aus dem Kopf, und obwohl wir uns nur kurz unterhalten haben, glaube ich, dass er Recht hatte mit seiner Vermutung, die er mir gegenüber geäußert hat, nämlich dass Bötjer in den Fall von 1963 verwickelt ist.

Und wenn ich mich in die Lage von Bötjer versetze, warum sollte der nicht Kenntnis über das Wissen des kleinen Zeitungsmannes haben? Ich glaube sogar, dass der Redakteur den Mörder von Prader auf die Spur von Bötjer, und auf dessen Verbindung zu den Marinern gebracht hat. Wohl unbewusst und natürlich ohne die Ahnung, dass daraus ein Verbrechen werden würde."

„Also hat er Informationen an den Mann gegeben, der seinerzeit die Vermisstenanzeige aufgegeben hat, und der hat dann auch selbst weiter nachgeforscht und ist über das Rote Kreuz auf Bötjer gekommen. Vielleicht ist er mit ihm in Verbindung getreten, um heraus zu finden, warum die Polizei seiner Anzeige nicht weiter nachgegangen ist!"

„Da muss irgendein Hinweis in den Aufzeichnungen des Redakteurs sein, aus dem hervorgeht, dass der Tote von 1963 ein Loggerjunge war, der durch die Schuld der Mariner umgekommen ist."

„Wie weit sind sie mit der Suche nach den Aufzeichnungen des Redakteurs? Ich denke, noch keinen Schritt vorangekommen.
Wenn wir uns weiter in der Gedankenwelt von Bötjer bewegen, verdichten sich immer mehr die Hinweise, dass er alles dran gesetzt hat um zu verhindern, dass wir, oder andere, an die Unterlagen des Mannes von der Zeitung kommen!"

„Deshalb der Anschlag auf ihn, um an seinen Computer zu kommen und die Drohung an mich, um Druck auszuüben. Bleibt nur die Frage: Handelt er aus Eigennutz oder versucht er jemanden zu decken?"

„Wenn wir davon ausgehen, dass Bötjer der Handlanger der Marinekameradschaft war, dann spricht vieles dafür, dass die sich nach dem Mord an Prader von ihm abgewendet haben. Das würde sich auch mit den Aussagen von Marx decken, wonach sich die Mariner so eine Verwicklung nicht leisten können, und Bötjer ihnen jetzt nicht mehr nützlich sein kann. „Bötjer wusste das und hat auf eigene Faust gehandelt. Wie auch immer der Mörder von Prader darauf gekommen ist, seinen Neffen zu töten, ist doch anzunehmen, dass es eigentlich seinen Bruder treffen sollte, aber der ist ja bereits vor drei Jahren verstorben."

„Mit dem Mord an Prader hat Bötjer nicht gerechnet, er hat die Hinweise des Täters genauso verstanden wie wir und musste jetzt handeln, um sich selbst zu schützen!"

„Nur sind das alles Vermutungen, wir haben bis jetzt nichts in der Hand gegen ihn, wie gehen wir also weiter vor?"

„Aber wir hätten endlich ein Motiv. Rene vernimmt den Makler, der mir und dem Redakteur die Wohnung vermittelt hat. Wir glauben, dass er zu beiden Wohnungen über einen Schlüssel verfügt hat und das er oder ein anderer, in wessen Auftrag auch immer, die Drohung an mich und die Entwendung des Computers aus der Wohnung des Redakteurs, veranlasst hat."

„Im Moment können wir nur die Ergebnisse der Spurenverfolgung abwarten. Oder glauben sie, dass in nächster Zeit etwas passieren wird?"

„Nein, das glaube ich nicht. Der Mörder von Prader wird die weitere Entwicklung abwarten und Bötjer hat damit zu tun, Spuren die auf ihn hindeuten zu verwischen!
Ich werde mich jetzt auf zwei Dinge konzentrieren: Zuerst brauche ich einen Durchsuchungsbeschluss für das Zeitungsarchiv und als zweites müssen wir darauf warten, dass Fred diesen Adolf Mirchow aufspürt."

„Sie glauben also das Mirchow mit dem Mord an Prader in Verbindung steht? Kann sein, verfolgen Sie diese Spur, wenn er einer der Verzinker ist, bin ich sicher, sie haben den Richtigen.
Einen Durchsuchungsbeschluss für die Zeitung werden wir so schnell nicht bekommen, da steht der Oberstaatsanwalt vor. Der Herausgeber der Zeitung steht auf seiner Liste mit den Personen, die nicht ohne ihn vernommen bzw. befragt werden sollen. Aber

ich kenne da jemanden, bei dem sie es vielleicht mal mit dem Einsatz ihres charmanten Wesens versuchen sollten."

„Die anderen Spuren stellen wir erst mal hinten an?"

„Ein kleiner Hinweis auf etwas was Sie als Fremde hier nicht wissen können. Suchen sie in den Unterlagen der Zeitung nach Lohn- und Heuerlisten der Loggerkapitäne. Ich glaube, das wird uns weiterbringen auf der Suche nach der Identität des damaligen Opfers."

„Dann brauchen wir also, wenn ich dort etwas finde, nur noch die Verbindung zu dem Anzeigenaufgeber beim Roten Kreuz!"

„Es ist schon spät, Sie sollten jetzt Schluss machen. Noch etwas, ich bin sehr froh Sie in meinem Team zu haben.
Wie haben Sie sich entschieden werden sie heute Nacht wieder in Ihre Wohnung zurückkehren, oder sitzt der Schrecken noch zu tief?"
Lydia war sich noch nicht sicher, aber sie hörte aus dem Tonfall des Abteilungsleiters heraus, dass es wohl das Beste wäre, sie würde sich dieser Herausforderung stellen und entschied sich, in ihre Wohnung zurückzukehren. Nur das musste sie Rene noch beibringen, denn der ging sicher davon aus, dass sie jetzt erst einmal für einen längeren Zeitraum bei ihm übernachten würde. Eigentlich war der Gedanke ja auch sehr verlockend, aber sie war sicher, dass dies keine Lösung war, sie würde einen Teil ihrer Eigenständigkeit verlieren. Schade, aber es musste sein!
In ihrem Büro wartete Rene auf sie und sie fragte ihn:

„Wie weit bist du gekommen, hast du mit dem Makler gesprochen?"
Er wollte losfluchen, besann sich dann aber.

„Ich habe alles versucht, doch der ist spurlos verschwunden, er steckt wohl doch damit drin."

Sie war sich unsicher wie sie ihm beibringen sollte, dass sie heute Nacht wieder in ihrer eigenen Wohnung schlafen wollte, überwandt sich dann aber doch.

„Weißt du Rene, ich werde heute Nacht wieder in meine Wohnung gehen weil ich glaube, so besser mit der Situation fertig werden zu können."

Er blickte sie fest an. Sie glaubte so etwas wie Enttäuschung oder Traurigkeit in seinem Blick erkennen zu können und war drauf und dran, ihre Meinung spontan zu ändern, auch weil sie sich danach sehnte, mit ihm zusammen zu sein.

Doch seine Reaktion kam unerwartet, er ließ sich seine Enttäuschung nicht anmerken, obwohl er innerlich gehofft hatte, sie würde wieder zu ihm kommen.

„Das kann ich gut verstehen, ich glaube auch, dass es das Beste für dich ist, so kannst du den Vorfall sicher am besten verarbeiten. Wenn es dir schlecht dabei geht, kannst du mich ja jederzeit anrufen."

Lydia hatte in diesem Augenblick für einen Moment das Gefühl etwas verloren zu haben und wollte schon wieder dieser Sehnsucht nach Nähe und Geborgenheit nachgeben. Doch etwas ihr Unerklärliches hielt sie davor zurück, und so blieb es bei ihrer Entscheidung. Sie ließ es aber zu, dass er sie zur Tür brachte. Dort verabschiedete sie sich von ihm mit einem flüchtigen Kuss auf die Wange.

Als sie die Tür aufschloss kroch wieder dieses eklige Gefühl in ihr hoch, aber sie überwandt sich und ging hinein. Sie nahm alles genau in Augenschein und versuchte sich einzureden, dass sie das erstemal in der Wohnung sein würde.

Doch es brauchte eine ganze Stunde, bis sie das Gefühl von Bedrohung und allein gelassen zu sein überwunden hatte. Dann ging es ihr endlich besser und sie konnte einschlafen. Sie glaubte zu träumen, immer wieder drang das Klingeln eines Telefons in ihr Bewusstsein, bis ihr klar wurde, dass ihr Telefon wirklich läutete. Der Blick auf das Display ihres Handys zeigte an, dass das Telefon schon über eine Minute klingelte.

Ihr war als packte sie eine große Faust im Nacken, dann drückte sie wie in Trance auf Annahme. Aus dem kleinen Apparat drang ihr eine raue Stimme entgegen:

„Ich weiß, dass Sie mich suchen, nur so schnell werden Sie mich nicht finden. Ich habe noch was zu erledigen, danach kommen wir sicher zusammen, und ich werde Ihnen bei der Lösung Ihrer Probleme helfen. Bis dahin müssen Sie sich gedulden, versuchen Sie nicht den Anruf zurück zu verfolgen, es wäre Zeitverschwendung. Ich melde mich wieder bei Ihnen, wenn es an der Zeit ist.“

Lydia saß kerzengerade in ihrem Bett: Was war denn das, wer war der Anrufer, wie kam er an ihre Nummer und was sollte das alles bedeuten. Eine Drohung war das nicht, eher ein Fingerzeig und vielleicht sogar ein Hilfsangebot.

Doch dann kam wieder dieses schreckliche Angstgefühl, es schüttelte sie förmlich durch, innerhalb weniger Minuten war sie am ganzen Körper klatschnass und sie spürte wieder die aufkommende Übelkeit.

Nur mühsam gelang es ihr wieder einigermaßen ruhig zu atmen.

„Oh lieber Gott, bitte hilf mir das auszuhalten!“

Sie brauchte eine Stunde um sich zu beruhigen, war aber ratlos, was sie tun sollte. Dann überlegte sie, Rene anzurufen, um sich bei ihm anlehnen zu können. Gleichzeitig spürte sie jedoch, dass sie bei ihren Angstattacken an einem Punkt angekommen war, den sie allein überwinden musste.

So verbrachte sie, in sich zusammengekauert, den Rest der Nacht ohne jemanden zu holen. Nach dem Duschbad am Morgen entschied sie, dass dieser Vorfall erst einmal ihr Geheimnis blieb.

Im Revier hatte der Abteilungsleiter schon alle Mitarbeiter versammelt, er machte ein sehr ernstes Gesicht.

„Ich will gleich anfangen, kurz zusammengefasst: Es gibt keine guten Nachrichten! Der Makler ist nicht greifbar, der Mietwagenfahrer nicht, und auch nicht der ältere Mann, der Sie beobachtet hat." Dabei blickte er Lydia an, und fuhr dann fort:

„Ich habe mit dem Oberstaatsanwalt gesprochen und eine Vorladung für Bötjer gefordert. Er hat sich gewunden wie ein Aal aber dann doch zugestimmt. Sie, Lydia, und Rene machen sich gleich auf den Weg zu seiner Wohnung. Den Verzinker mit seiner Alibiliste habe ich auch einbestellt, um den wird Fred sich kümmern, und nun auf Leute, wir brauchen Ergebnisse." Dann nahm er Lydia zur Seite.

„Sie sind mir nicht böse, dass ich die Anweisungen heute Morgen gegeben habe? Wie ist es Ihnen gegangen letzte Nacht, konnten Sie gut schlafen?"
Sie war versucht ihm alles zu erzählen, doch stattdessen ging sie nur auf seine erste Frage ein:

„Aber ich bitte Sie, Sie sind hier der Chef, und es ist mir ganz recht, dass Sie das Nötige veranlasst haben. Hat Fred schon den Anzeigenaufgeber ausfindig gemacht?"
Er verneinte das, Fred habe zwar eine Adresse herausgefunden nur wisse niemand, wo der Gesuchte sich zurzeit aufhält. Auch ist er gestern und heute nicht zur Arbeit erschienen. Nur, soviel steht fest, es handelt sich um einen der Mitarbeiter der Firma, die Gefahrstoffe entsorgt, auch bei der Verzinkerei auf dem Gelände der stillgelegten Werft hier vor Ort.

Lydia hörte das alles wie durch einen Schleier, ihr wurde schlecht und sie hatte Mühe, sich zusammen zunehmen. Sie war ganz sicher, dass der Gesuchte der Anrufer von gestern Nacht war.

Jetzt war es eigentlich an der Zeit, von dem nächtlichen Anruf bei ihr zu erzählen, doch irgendetwas hielt sie davon ab. War es die Angst ihre Schwäche eingestehen zu müssen oder was hielt sie zurück? Sie wusste es nicht. Stattdessen stellte sie die überflüssige Frage:

„Können wir Bötjer, wenn wir ihn denn antreffen, hierher bringen, wenn wir bei ihm nicht weiterkommen?"

Der Abteilungsleiter erwiderte, dass er dies sowieso vorgehabt habe, er wolle ihm gegenübersitzen und seine Reaktion beobachten!

Rene hatte bemerkt, dass es ihr an diesem Morgen nicht besonders gut ging, er unterließ es aber Fragen zu stellen, sondern fasste ihre Hand und sagte aufmunternd:

„Komm, ich bin gespannt auf das Gesicht von Bötjer, wenn wir vor seiner Tür stehen, der wird schön überrascht sein!"

Lydia konnte diese Meinung nicht teilen, war aber froh darüber, dass Rene nicht wegen gestern Nacht nachgefragt hatte. Sie glaubte eher, dass sie Bötjer nicht antreffen würden und überlegte sich schon, wie sie dann weiter vorgehen sollten.

Und sie hatte Recht, eine Frau öffnete ihnen und sagte, ihr Mann sei nach einem Anruf in der Nacht aufgestanden und habe das Haus verlassen, ohne zu sagen wo er hin wolle.

Lydia hatte sofort den Verdacht, dass dieser Anruf mit dem zusammen hängen musste, den sie bekommen hatte. Sie wollte der Frau keine Angst machen, doch hier war Gefahr im Verzug, deshalb musste sie fragen:

„Hat Ihr Mann eine Waffe?"

Die Frau schlug die Hände vor das Gesicht.

„Um Gottes willen, warum fragen Sie danach? Ich weiß von keiner Waffe, seitdem mein Mann außer Dienst ist, haben wir mit so was nichts mehr zu tun."

Lydia entschied sich, es dabei bewenden zu lassen und wandte sich an Rene.

„Ich glaube, ich muss dir jetzt etwas sagen, was ich schon vorhin im Büro hätte erzählen sollen: Auch ich hatte letzte Nacht einen Anruf!"

Sie beschrieb die Situation und fügte hinzu:

„Ich wollte nicht, dass ihr merkt, welche Angst ich ausgestanden habe!"

Rene antwortete nicht gleich, nahm ihren Arm und zog sie an sich.

„Lydia, das hat doch nichts mit einzugestehender Schwäche zu tun, sondern das ist eine Sache des Vertrauens zu seinen Partnern. Trotzdem kann ich dich verstehen, nur wirst du mir recht geben müssen, dass du jetzt in Gefahr bist, und wir müssen dieser Situation Rechnung tragen!"

Erstaunt sah sie zu ihm auf. Eine solche Reaktion hatte sie ihm nicht zugetraut, sie fühlte sich jetzt viel besser und wurde gleich wieder aktiv.

„Ruf S. an, und dann holt ihr mir sofort den Verzinker mit der Alibiliste aufs Revier. Der Chef hat ihn zwar erst für heute nachmittag bestellt, doch den brauchen wir jetzt; ich will noch mal zu der Zeitung gehen. Wenn ihr den Verzinker habt, rufst du mich gleich an. Sage auch dem Abteilungsleiter Bescheid, denn den will ich dabei haben."

Sie ließ sich von Rene bei der Zeitung absetzen. Ihr war es jetzt egal ob der Oberstaatsanwalt hier mitmischen wollte oder nicht, sie war sicher, dass sie jetzt so handeln musste.

In der Zeitungsredaktion war schon bekannt, dass der kleine Redakteur einen Unfall hatte. Nachdem sie ihr Anliegen vorgetragen hatte, erklärte sich zu ihrer Überraschung gleich einer der Mitarbeiter bereit, mit ihr ins Archiv zu gehen, und nach den Unterlagen zu suchen. Ihr Begleiter war scheinbar ein guter Freund des kleinen Redakteurs und sehr aufgeschlossen.

„Ich habe Fritz manchmal geholfen Unterlagen zusammen zustellen, nur soweit mir bekannt ist, hat er hier keine privaten Datenträger aufbewahrt. Aber wir können mal nachsehen, ob wir etwas zu den Lohn- und Heuerlisten der Loggerkapitäne finden, nach denen sie gefragt haben. Soviel ich weiß, leben von denen die meisten heute gar nicht mehr, aber vielleicht haben wir ja Glück."

Lydia konnte nicht vermeiden, immer wieder auf die Uhr zusehen, ihr Begleiter merkte das und kam ihr entgegen.

„Wenn Sie mir sagen welches Jahr sie interessiert, können wir die Sache abkürzen."

„1963, Sommerhalbjahr, ich weiß aber nicht bei welchem Kapitän wir suchen müssen, ich brauche einen bestimmten Namen."

Der Mitarbeiter legte eine Diskette ein und sie blickten auf den Bildschirm.

„So, hier, schauen Sie, im Sommer 1963 haben 36 Schiffe hier entladen, und hier sind die Heuerlisten dazu!"

Sie setzte sich vor den Bildschirm und stieß still ein Stoßgebet aus.

„36 Schiffe! Das kann ja Stunden dauern bis ich die durchgesehen habe. Mein Gott! Hilf mir, dass ich gleich am Anfang etwas finde!"

Bei der dritten Besatzungsliste stockte sie, gleich in der fünften Zeile stand: Paul Mirchow, 10. August, – ausgezahlt –, und dann weiter in der folgenden Zeile: – für die nächste Tour wieder anheuern –.

In der Heuerliste für die nächste Fahrt stand dann der Vermerk: Paul Mirchow, nicht erschienen – keine Gründe, fahren ohne Ihn –.

Das war alles, mehr konnte sie nicht finden. Sie bat den Mitarbeiter, die Diskette mitnehmen zu dürfen. Der zuckte mit den Achseln und meinte nur:

„Haben Sie denn etwas Brauchbares auf der Diskette gefunden?" Lydia drückte ihm die Hand, bedankte sich und verließ die Redaktion. Endlich war sie einen Schritt weiter gekommen. Jetzt konnten sie davon ausgehen, dass der Tote von damals einer der Loggerjungen war, und hier auch die Verbindung zu den anderen Spuren lag.

Der kleine Redakteur hatte erwähnt, dass ein Mann namens Adolf Mirchow sich bei der Zeitung nach dem Vorfall von 1963 erkundigt hatte.

Fred hatte herausgefunden, dass der Mann, der die Suchanzeige beim Roten Kreuz aufgegeben hatte, sich auch als Mirchow ausgegeben hatte; war das der Mann, den sie suchten?

Sie war sicher, dass der Anrufer bei Bötjer derselbe war, der auch sie angerufen hatte, und der sich jetzt mit Bötjer treffen wollte, um von ihm die Wahrheit über den Tod seines Vaters zu erfahren. Wenn ihre Vermutung richtig war, könnte es noch einen Mord geben, das musste auf jeden Fall verhindert werden!

Wichtig war jetzt eine schnelle Vernehmung des Verzinkers, der ihrer Meinung nach eine Verbindung zu Mirchow haben musste.

Im Revier wartete der Abteilungsleiter schon auf sie. Lydia konnte es kaum erwarten ihm von ihrem Fund in der Zeitungsredaktion zu berichten, sie sprudelte auch gleich los:

„Wir haben ihn, den Toten von 1963, es war einer der Logger-jungen. Der kleine Redakteur hat also recht gehabt mit seinen Vermutungen, und es fügt sich alles so zusammen, wie wir es angenommen haben.

Aus den Lohn- und Heuerlisten habe ich herausgefunden, dass damals ein Mann mit dem Namen Paul Mirchow, obwohl er auf der Besatzungsliste stand, nicht bei der Abfahrt auf dem Schiff er-schienen ist. Und jetzt die Suchanzeige von einem Mirchow, die Nachfrage bei der Zeitung von einem Adolf Mirchow und ...“

Der Abteilungsleiter versuchte sie zu bremsen.

„Kommen Sie erst mal in mein Büro. Bötjer ist also ver-schwunden und Sie glauben, dass jemand hinter ihm her ist. Ihrer Meinung nach ist dieser Jemand der Mörder von Prader, doch was spricht dafür, dass es sich dabei um Mirchow handelt.“

Jetzt war Lydia an der Reihe ihm von dem Anruf letzte Nacht bei ihr zu berichten. Dabei gestand sie ein, dass sie nicht wollte, dass er und Rene von ihrer Angstattacke Kenntnis erhielten. Er sah sie einen Moment lang aufmerksam und voller Verständnis an ohne weiter darauf einzugehen und ihr zu sagen, dass das ein Fehler war und sie deshalb Zeit verloren hatten. Er fuhr stattdessen ein-fach fort:

„Rene und S. werden gleich mit dem Verzinker hier sein. Wir sollten uns jetzt überlegen wie wir vorgehen wollen, Sie führen die Vernehmung. Nachdem was Sie eben berichtet haben vermu-te ich mal, Sie werden versuchen heraus zu finden, ob es eine Verbindung zwischen diesem Mirchow und dem Verzinker gibt.“

Lydia war froh, dass der Abteilungsleiter nicht weiter auf ihr Still-schweigen über den nächtlichen Anruf bei ihr eingegangen war. Während sie voller Ungeduld auf das Erscheinen des Verzinkers warteten, erläuterte sie ihm ihre Strategie.

Endlich kamen die Drei, S. brachte den Verzinker in das Vernehmungszimmer und Rene nahm Lydia kurz zur Seite.

„Der ist ziemlich durcheinander, wir hatten schon Sorge er würde uns unterwegs zusammenklappen. Vielleicht wäre es gut, wenn er sich erst eine Weile sammeln kann."

Sie brannte darauf, weiter zu machen, denn sie war sicher, nach diesem Gespräch würden sie mehr wissen, und der Fall würde klar sein.

„Viel Zeit kann ich ihm nicht geben, denn du weißt wir müssen Bötjer finden. Geh zu Fred und helfe ihm bei der Suche nach dem Anzeigenaufgeber. Wenn ihr etwas herausgefunden habt informiert ihr mich. Sie atmete tief durch und ging in das Vernehmungszimmer, setzte sich ihrem „Gast" gegenüber und begann:

„Sie sind ziemlich durcheinander und überrascht, dass wir Sie jetzt schon hierher geholt haben."

Ihr Gegenüber hatte Mühe still zu sitzen.

„Sie wollen mir was anhängen, weil Sie sonst niemanden haben, aber ich habe nichts getan. Ich habe ihnen schon beim letzten Mal erzählt, dass ich nichts mit der ganzen Sache zu tun habe. Was wollen Sie also von mir? Der Alte schmeißt mich noch raus, Sie holen mich da mit Alarm von der Arbeit weg, was soll das?"

Seine Stimme überschlug sich geradezu, fast tat er ihr leid. Doch sie musste ihn hart anfassen, denn schließlich ging es hier um ein Menschenleben.

„Beruhigen Sie sich erst einmal und eines vorweg: Sie sind nicht hier, weil wir Ihnen etwas anhängen wollen, sondern Sie sollen uns helfen, Zusammenhänge aufzuklären. Sie sind für uns im weiteren Sinne ein wichtiger Zeuge.

Wenn Sie uns weiterhelfen wollen, dann antworten Sie kurz und knapp auf meine Fragen."

Der Verzinker sah sie mit offenem Mund an, setzte sich gerade hin und wollte gerade noch etwas sagen.

Aber die Fragen prasselten schon auf ihn ein.

„Kennen Sie einen Mann namens Adolf Mirchow, und wenn ja, in welchem Verhältnis stehen sie zu ihm?"

Der Verzinker schluckte, es schien als fiele eine Last von seinen Schultern. Er setzte sich noch gerader auf seinem Stuhl und berichtete dann ausführlich.

Mirchow war derjenige, der ihm damals die Arbeit bei der Verzinkerei besorgt hatte. Sie kannten sich aus der Zeit bei der Nationalen Volksarmee in der ehemaligen DDR, wo sie beide in einer Kompanie die Grundausbildung gemacht hatten. Mirchow hatte sich schon damals durch seinen Ehrgeiz hervorgetan, er wollte schnell vorankommen, und schaffte das auch. Denn schon nach zehn Dienstjahren war er zum Oberst befördert worden. Danach hatten sie sich eine Zeit lang aus den Augen verloren und erst nach der „Wende" wiedergetroffen.

Sie teilten das gleiche Schicksal, denn sie wurden nicht in die Bundeswehr übernommen. Das war für beide ein harter Schlag.

Lydia unterbrach ihn.

„Sind sie gemeinsam hier rübergekommen, oder wann hatten sie wieder Kontakt miteinander?"

Nachdem er ein wenig Luft geschöpft hatte setzte er seinen Bericht fort. Er verneinte Lydias Frage, und bekundete, dass sie sich erst hier wieder getroffen hatten. Er hatte dann den Kontakt zu Mirchow gesucht, nachdem er erfahren hatte, dass der hier bei dieser Entsorgungsfirma für Gefahrstoffe arbeitete, und durch diesen Kontakt hatte er dann auch die Stelle bei der Verzinkerei bekommen.

Lydia war das alles zu ausschweifend, aber sie hielt sich zurück. Sie spürte, dass sie auf dem richtigen Weg war und wollte ihn nicht verprellen, versuchte jedoch durch ihre Fragen schneller zum Kern der Sache zu kommen.

„Wie oft haben sie sich getroffen, nur bei der Arbeit oder auch privat?"

Jetzt war er wieder verunsichert und druckste etwas herum, kam dann aber damit heraus, dass sie sich regelmäßig trafen, obwohl sie nicht gerade Freunde waren; man half sich eben hier und da. Lydia war sofort hellwach, hier musste sie einhaken.

„Das müssen Sie genauer erklären, wie half man sich gegenseitig?"

Sie merkte wie er sich wand, so, als wolle er nicht richtig mit der Sprache heraus, sie wurde deshalb deutlicher:

„Hat das mit ihrer Arbeit und vielleicht auch etwas mit der Säure zu tun. Sie müssen uns die Wahrheit sagen! Ihr Freund sitzt schwer in der Klemme und Sie können ihm helfen, also raus mit der Sprache!"

Er gab sich einen Ruck und kam dann, wenn auch nur stockend und scheibchenweise, mit weiteren Informationen heraus.

Der Bruder von Mirchow hat etwas die Lesum hinauf eine kleine Schiffsreparaturwerft, und Mirchow half ihm, wenn es Aufträge gab. Dazu gehörte auch das Anfertigen von Rohrleitungen, Gittern, Seekästen usw. Diese wurden dann von Mirchow in die Verzinkerei gebracht und dort verzinkt, natürlich umsonst!

Immer wenn er Nachtschicht hatte wurden diese Teile ins Säurebad gegeben und anschließend verzinkt. Da sie meistens während der Nacht alleine arbeiteten, hat der Chef nichts davon gewusst. Seine Angst war, dass der Alte dies herausbekommen und ihn dann rausschmeißen würde.

Lydia musste sich sehr zusammen nehmen, sie ahnte jetzt, wie die Sache mit dem im Hafenbecken gefundenen Kopf abgelaufen war. Es kroch ihr kalt von den Füßen her in den Unterleib, doch sie musste jetzt Gewissheit haben.

„Waren Sie immer bei diesen Vorgängen dabei, oder hat Mirchow auch schon mal alleine an den Säurebecken gearbeitet?" Sie sah den Verzinker scharf an, der zögerte einen Augenblick sah dann aber wohl ein, dass er nichts verschweigen durfte.

Es sei schon vorgekommen, dass Mirchow allein an den Becken tätig war, der kannte sich ja bestens aus im Hantieren mit Säure, er war doch sozusagen der Experte auf diesem Gebiet. Er selbst hatte sich dann schon mal aufs Ohr gelegt, und ihn machen lassen. An welchen Tagen das war, konnte er aber jetzt nicht mehr sagen. Der Abteilungsleiter hatte während der ganzen Zeit dabei gesessen und still zugehört. Sie blickte zu ihm hinüber, er nickte mit dem Kopf und sie wusste, dass sie Recht hatte, fragte ihren Gegenüber aber noch:

„Wo könnte Mirchow sich aufhalten, wenn er nicht auf der Arbeit oder zu Hause ist?"

„Na auf der Lesum-Werft, das hat er schon öfter gemacht. Bei seiner Firma meldet er sich krank, um seinem Bruder zu helfen, weil die jetzt dort viel zu tun haben. So, was ist denn nun mit mir, muss ich hier bleiben?"

„Nein, Sie können gehen! Wenn wir Sie noch brauchen melden wir uns. Die Sache mit Ihrem Chef müssen Sie selbst klären, nur später bei einer Gerichtsverhandlung wird das sowieso öffentlich. Nur eines noch, sagen Sie uns wo ist diese Werft von Mirchows Bruder genau?"

Der Mann nannte die genaue Adresse der Werft, schüttelte wiederholt mit dem Kopf, erhob sich auf wackeligen Beinen und verließ das Zimmer. Ängstlich sah er sich noch mal um, als könnte er nicht begreifen, in was er da hineingeraten war.

Jetzt musste es schnell gehen. Der Abteilungsleiter forderte ein mobiles Einsatzkommando an, und wandte sich dann Lydia zu:

„Es ist nur eine Vorsichtsmaßnahme! Sie und Rene fahren sofort zu der Werft, das MEK schicke ich auch dorthin. Der Einsatzleiter wird sich mit Ihnen in Verbindung setzen. Sprechen Sie sich mit ihm ab, bevor Sie das Gelände erreichen."

Sie machten sich sofort auf den Weg, nach Renes Einschätzung würden sie etwa 20 Minuten bis zu der Werft brauchen.

Unterwegs meldete sich der Einsatzleiter des MEK über Funk, er kannte das Gelände rund um die Lesum-Werft und machte einen Vorschlag für das weitere Vorgehen. Lydia wies ihn an, dass er nur auf ihr oder Renes Zeichen eingreifen sollte. Auf der Werft herrschte großes Erstaunen, als sie mit ihrem Aufgebot ankamen. Ein Mann in einem blauen, stark verschmutzten Overall kam gleich auf sie zu.

„Was ist denn nun los, was wollen Sie denn hier?"

Lydia nahm ihn beiseite.

„Sind Sie hier der Inhaber? Wir suchen Adolf Mirchow, ist oder war der heute hier. Und keine Ausflüchte, ich habe genug Leute dabei, um alles auf den Kopf zu stellen, also!"

Der Mann im Overall schluckte.

„Ich bin Hans Mirchow, Adolf ist mein Bruder, aber der war seit einer Woche nicht mehr hier. Bitte, sie können sich gern überall umsehen!"

Lydia gab dem Einsatzleiter einen Wink, sie musste sicher sein und wollte sich nicht auf die Angaben des Mannes verlassen. Während das MEK die Suche begann, wandte sie sich an ihn:

„Wo können wir ungestört reden, Ihre Leute müssen das nicht alles mitbekommen."

Der Mann winkte ab, er war kreidebleich geworden.

„Warum suchen Sie meinen Bruder, und das mit diesem Aufwand! Was ist vorgefallen, er hat doch nichts verbrochen, oder?"

Sie wollte sich nicht auf lange Diskussionen einlassen sondern fuhr fort:

„Wenn es denn so ist, dass ihr Bruder seit einer Woche nicht mehr hier gewesen ist, wann und wo haben Sie ihn dann zuletzt gesehen oder mit ihm gesprochen.

Ich rate Ihnen, mir schnell und ehrlich zu antworten, denn auch für Ihren Bruder ist es wichtig, dass wir ihn schnell ausfindig machen. Also, wenn er nicht hier ist, wo könnte er sich aufhalten?"

Der Mann setzte sich auf ein kieloben liegendes altes Ruderboot, nahm sich mit zitternden Händen eine Zigarette, die er aber nicht ansteckte, und blickte dann zu ihr auf.

„Sie werden meinen Bruder hier nicht finden, ich hab ihn zum letzten Mal vor einer Woche gesehen. So oft kommen wir nicht zusammen, nur dann, wenn hier Not am Mann ist."

Lydia fuhr ihn scharf an:

„Machen Sie kein Theater! Ich weiß, dass Ihr Bruder Ihnen hilft, wenn hier viel zu tun ist, und jetzt ist doch Saison oder nicht?"

Ihr Gegenüber wurde unsicher, er steckte sich die Zigarette, die er immer noch in der Hand hielt, an, warf sie aber gleich wieder weg.

„Also gut, er war gestern hier, aber wir haben nur gestritten, weil er nur rumgekramt hat, anstatt zu helfen. Als ich ihn anfuhr, er solle gefälligst mit anpacken, sagte er nur, er suche den alten Seekasten, der im Sommer irrtümlich verzinkt worden sei."

Lydia horchte sofort auf und ihre Anspannung wuchs.

„Was ist das für ein Seekasten, den man irrtümlich verzinkt hat?"
Resigniert stand der Mann auf und führte sie in ein kleines
Nebengebäude.

„Hier bewahren wir die Sachen auf, die wir bei den Schiffen,
die bei uns in Reparatur gegeben werden, ausbauen, und die
dann nicht mehr verwendet werden."
Er hielt inne und stutzte.

„Der alte Seekasten ist weg! Warum hat er den denn mitge-
nommen?"
Lydia konnte sich jetzt nicht länger mit dem Mann aufhalten,
fragte ihn nur noch:

„Welches Auto fährt ihr Bruder und wo kann er sein?"

„Na, immer noch den alten Volvo-Kombi"
Jetzt war ihr klar, dass Mirchow nicht hier sein konnte. Der woll-
te den Seekasten verschwinden lassen, weil er darin den Kopf
von Prader transportiert hat. Sein Bruder wusste anscheinend
wirklich nichts von der Sache, und Mirchow hatte ihn und seinen
Werftbetrieb nur für seine Zwecke benutzt.
Sie rief den Einsatzleiter und ließ die Suche abbrechen.
Sie wandte sich noch mal an den Werftbesitzer:

„Haben Sie noch etwas Ähnliches wie den verschwundenen
Seekasten, wenn ja, muss ich den mitnehmen."
Der Mann war jetzt völlig durcheinander, aber durch das resolu-
te Auftreten der Kommissarin und ihrer Gruppe eingeschüchtert,
murrte er nur ein wenig und zeigte ihr ein entsprechendes
Exemplar.
Dem Einsatzleiter teilte sie ihre Vermutung mit, und wies ihn an,
nach dem flüchtigen Mirchow und dem Auto zu suchen.
Das Problem war nur, niemand von Ihnen wusste wie Adolf
Mirchow aussah, denn sie hatten von ihm nur die vage Beschrei-

bung seines Bruders. Als Anhaltspunkt hatten sie nur den alten Volvo, dessen Kennzeichen sich der Einsatzleiter bereits über die Zulassungsstelle besorgt hatte.

Über Funk teilte sie dem Abteilungsleiter ihre vergebliche Suche nach Mirchow mit und schlug vor, den von der Werft mitgenommenen Seekasten in die Rechtsmedizin zu bringen. Grünert würde ihr mit seiner Erfahrung sicher weiterhelfen können.

Der Chef teilte ihr mit, dass er eine Fahndung nach Bötjer herausgegeben hatte, und sie waren sich einig darüber, wenn sie den finden würden, wäre Mirchow auch nicht weit.

An Rene gewandt sagte sie:

„Leider können wir im Moment nichts weiter tun, als auf einen Erfolg der Suchaktion zu warten, hoffentlich sind wir nicht zu spät."

Rene hatte während der ganzen Aktion nichts gesagt, doch jetzt musste er einfach seine Gedanken loswerden.

„Was für eine Situation! Wir jagen einen Mörder, um ihn daran zu hindern einen anderen Mörder umzubringen. Manchmal habe ich das Gefühl, wir sollten den Dingen ihren Lauf lassen, aber das wäre wohl zu einfach."

Lydia sah ihren Partner von der Seite an, sie bemerkte ein wenig Resignation in seinem Gesicht. Irgendwie hatte er ja recht, aber jetzt galt es, ein weiteres Verbrechen zu verhindern und sie versuchte ihn wieder etwas aufzubauen.

„Rene, wenn es auch nicht gerade Spaß macht, aber neben der Aufklärung von allen möglichen Fällen gehört es auch zu unseren Aufgaben, Verbrechen, wenn möglich, zu verhindern."

Als sie auf das Gelände der Rechtsmedizin einbogen nahm Rene ihre Hand und beugte sich zu ihr rüber.

„Du hast ja recht, nur manchmal brauche ich auch ein wenig Zuspruch, um das Ganze zu ertragen. Außerdem hatte ich auch

immer Angst um dich, und ich habe mich ziemlich hilflos gefühlt."

Es war das erste Mal, dass er ihr gegenüber eine Schwäche ein-
gestand, sie fand das gut, sah ihn voll an und sagte:

„Wenn das hier vorbei ist, gönnen wir uns einen schönen Tag."
Dabei strich sie ihm sanft über die Wange.

Grünert empfing sie angespannt. Ihm war der Ärger mit der Straf-
verfolgungsbehörde nicht anzumerken, und er wollte auch nicht
darüber sprechen als Lydia ihn bei der Begrüßung darauf an-
sprach.

Rene hatte mittlerweile den Seekasten in das „Behandlungs-
zimmer" geschleppt, wo schon der im Hafenbecken gefundene
Kopf aufgebaut war. Grünert sah sie an und schmunzelte.

„Meine liebe Frau Brock, wenn ich Ihr Anliegen richtig verstanden habe dann wollen Sie von mir wissen, ob es sich mit
dem Kopf im Säurebad so zugetragen haben kann wie Sie vermuten.

Der Mann konnte Lydia nicht mehr überraschen, sie hatte genau
diese Reaktion erwartet, und nickte ihm zu.

Grünert schmunzelte, wandte sich Rene zu und bemerkte la-
chend:

„Junger Mann, an Ihrer Stelle möchte ich sein, wissen Sie überhaupt was für ein Glück Sie haben?"

Der runzelte die Stirn und sah den Rechtsmediziner fragend an.

Lydia erkannte die Situation sofort und griff ein, um Rene nicht
weiter in Verlegenheit zu bringen.

„Herr Grünert, jetzt ist doch keine Zeit für Komplimente?" Sie
nahm ihn am Arm und raunte ihm zu:

„Bringen Sie ihn nicht ganz durcheinander, den brauche ich
noch, er soll mich doch beschützen!" Die letzten Worte sagte sie

bewusst so laut, dass Rene sie hören musste, damit war die Sache erledigt.

Grünert unterdrückte sein Grinsen und wandte sich den Objekten zu.

„Ich soll Ihnen also bestätigen, was Sie vermuten."

Lydia lächelte ihn an, und er fuhr fort mit seinen Ausführungen:

„Ich kenne solche Dinger, sehen Sie hier!"

Er öffnete den Kasten und zog etwas wie einen groben Filter hervor.

„Diese Teile werden auf kleinen Schiffen benutzt, damit wird Wasser von außen für das Kühlwassersystem des Motors angesaugt. Im Filter dieses Kastens kann man durchaus einen Kopf transportieren, und wenn man die Klappe schließt, ist auf den ersten Blick auch nichts zu sehen. Es kann also durchaus sein, dass der Kopf im Filter eines solchen Kasten war und mit diesem in das Säurebecken eingetaucht worden ist.

Der Täter hat dann nach dem Eintauchen den Filter mit dem Kopf herausgenommen und dann erst den Kasten gesondert in das Zinkbad gegeben."

Für einen Augenblick sahen die drei wie gebannt auf den Kasten und auf den Filter, in den Grünert den Kopf gelegt hatte. Wieder musste Lydia gegen Übelkeit ankämpfen und sagte an den Rechtsmediziner gewandt:

„Derjenige muss sein Vorhaben genau geplant haben damit keiner sein Tun bemerkte."

Grünert nickte mit dem Kopf.

„Ich habe ja schon viel gesehen und erlebt, und geglaubt, dass mich nichts mehr überraschen kann. Doch dieses Vorgehen hat eine Systematik, die mir so noch nicht untergekommen ist, da steckt sehr viel Energie und Intelligenz dahinter."

Er blickte die beiden jungen Leute besorgt an.

„Seien sie auf der Hut, der Mann ist äußerst gefährlich, und für jede Überraschung gut!"

Bei dieser Bemerkung durchfuhr Lydia wieder der Gedanke an den nächtlichen Anruf, und plötzlich hörte sie die Stimme wieder, die gar nicht bedrohlich geklungen hatte, sondern eigentlich ganz normal.

Grünert half ihr aus dieser Beklemmung indem er sie, auf den Kasten zeigend, fragte:

„Aber das hier ist doch wohl nicht der Kasten mit dem die Tat ausgeführt worden ist, oder?"

Lydia erklärte den Sachverhalt, und erzählte ihm, dass der Täter den richtigen wohl verschwinden lassen wolle, oder ....

Abrupt unterbrach sie ihre Ausführungen, denn der Gedanke schlug wie ein Blitz bei ihr ein. Der Rechtsmediziner sah zu ihr herüber.

„Sie glauben doch nicht, dass er das noch mal versuchen wird?"

Sie schüttelte den Kopf.

„Nein, daran möchte ich gar nicht denken!"

An Rene gewandt sagte sie:

„Ruf sofort Fred an, er soll das Gelände auf der Werft beobachten lassen!"

Dann bat sie Grünert noch, den Seekasten vorerst bei ihm lassen zu dürfen und verabschiedete sich von ihm. Der gab ihr noch mal mit auf den Weg, vorsichtig zu sein, er schätze den Täter als sehr gefährlich und unberechenbar ein.

Sie machten sich auf den Weg ins Revier.

Irgendwie war jetzt ein Loch entstanden. Sie waren darauf angewiesen, auf die Ergebnisse der laufenden Fahndungen zu warten, und hatten selbst nicht den geringsten Anhaltspunkt, der sie weiter bringen konnte.

Im Revier kam der Abteilungsleiter auf sie zu. Er hatte noch einmal versucht, Frau Bötjer zu bewegen, Näheres über einen möglichen Aufenthaltsort ihres Mannes zu sagen. Nur aus der war nichts mehr heraus zu bekommen, die Frau war völlig aufgelöst und wahrscheinlich auch ahnungslos über das, was ihr Mann unternahm.

Lydia holte sich noch einmal die Ermittlungsakte hervor, aber sie konnte sich auf nichts konzentrieren, das Warten und Untätigsein machte sie ganz kribbelig.

Rene sah noch einmal intensiv auf die beiden Lagepläne mit den eingezeichneten Säurebecken.

Plötzlich fuhr er herum.

„Lydia, wir haben uns überhaupt nicht um die Firmengelände im Hafen gekümmert. Wenn der Täter so gerissen ist, wie wir und auch Grünert vermuten, dann ist es doch möglich, dass er seine Aktivitäten nach dorthin verlagert hat. Der weiß doch auch, dass wir hier in der Nähe alles überwachen!"

Sie setzte sich kerzengerade auf.

„Rene, du hast Recht, er ist ja bei der Firma für Gefahrstoffentsorgung angestellt und kennt damit auch alle Örtlichkeiten im Hafengebiet ganz genau. Er hat sich Bötjer geschnappt, vorausgesetzt es ist ihm gelungen, und es könnte sein, dass er mit ihm Ähnliches vorhat wie mit Prader. Das heißt wir haben Recht, wenn wir vermuten, dass Bötjer der Mörder seines Vaters gewesen sein könnte oder er zumindest beteiligt war.

Und jetzt will er ihn zur Rechenschaft ziehen. Auch weil Bötjer ihn auf die falsche Fährte mit Prader gesetzt hat, und dieser Mord eigentlich unnötig war. Und nachdem was bisher passiert ist, wird er nicht gerade zu uns kommen und die Tat anzeigen, sondern die Sache selbst in die Hand nehmen. Also müssen wir im Hafengebiet suchen!"

Sie informierten den Abteilungsleiter über diese neue Situation und entschieden dann gemeinsam mit ihm, dass die Leute von der Werft abgezogen und ins Hafengebiet geschickt werden.

Nun hieß es wieder warten. Mittlerweile war es schon später Abend geworden und sie überlegten, ob sie eine Pause machen sollten, nur kurz etwas essen gehen und dabei ein wenig entspannen.

Auf dem Weg zu dem kleinen Lokal in der Hafenstrasse klingelte Lydias Handy. Sie nahm das Telefon ans Ohr und eine Stimme schlug ihr entgegen:

„Kommen Sie sofort auf die Werft, Sie haben 10 Minuten Zeit, dann stirbt Bötjer!"

Sie fasste Rene an die Schulter und riss ihn zu sich herum.

„Mirchow! Er will, dass ich in sofort auf die Werft komme! Er hat Bötjer!"

Rene sah in ihre weit aufgerissenen Augen. Was sollten sie tun, nachdem die Leute alle von der Werft abgezogen waren. Sie konnten nicht warten bis die wieder dort waren. Er reagierte sofort.

„Wir müssen dem Chef Bescheid sagen, hast du eine Waffe dabei? Nein, ist auch nicht so wichtig!"

Lydia war unfähig etwas zu entscheiden, aber Rene nahm die Sache jetzt in die Hand.

„Komm, den schnappen wir uns!"

Sie akzeptierte sein Vorgehen und hetzte mit ihm zum Werftgelände. Dort angekommen hatte sie sich wieder gefangen und konnte auch wieder klar denken. Als sie das Gebäude mit den Säurebecken erreichten entschied Rene, dass er vorgehen wollte.

Er öffnete die Tür, sie sah noch wie er zusammensackte. Dann packte sie ein eiserner Griff am Arm und sie wurde in das Gebäude gezerrt. Handschellen klickten um ihre Handgelenke, und sie sah Rene regungslos am Boden liegen, was ihrem Herzen einen Stich versetzte.

Sie dachte nur:

„Mein Gott, wie dumm haben wir uns angestellt!"

Der Mann, der sie jetzt in der Gewalt hatte riss sie aus ihren Gedanken, seine Stimme klang ihr vertraut:

„So, Frau Brock, jetzt bin ich endlich am Ziel, und Sie werden miterleben wie Bötjer gesteht, dass er meinen Vater umgebracht und mich dazu veranlasst hat, einen unschuldigen Menschen zu töten. Er wollte mir weismachen, dass sein Bruder meinen Vater umgebracht hat, damals, 1963. Aus Wut darüber, dass der nicht mehr greifbar war, habe ich dann den unschuldigen Prader getötet!"

Erst jetzt konnte Lydia sich in dem Raum umsehen, in dem sie sich befanden, wie erstarrt schaute sie auf das grausige Bild.

An einem Kran hing Bötjer, etwa einen halben Meter über dem Rand des Säurebeckens. Der Mann, und das musste Mirchow sein, griff nach dem Bedienungsknopf des Kranes und sah sie triumphierend an.

„So jetzt werden sie sein Geständnis hören, und danach wird er in das Becken eintauchen!"

Lydia war wie gelähmt. Aus den Augenwinkeln sah sie, wie verkrümmt und regungslos Rene da lag. Es war seltsam, doch irgendwie hatte sie keine Angst. Na ja, dachte sie, vielleicht ist das ja so, kurz bevor man sterben muss! Denn sie befürchtete, dass auch sie in dem Becken enden würde.

Der Mann lenkte ihre Aufmerksamkeit wieder auf sich, indem er den Knopf an dem Bedienungsgerät kurz betätigte, und sich der Körper von Bötjer weiter der Oberfläche der Säure näherte.

An sein Opfer gewandt sagte er:

„Na los, sag der Kommissarin wie das damals war, und warum du mich auf eine falsche Spur gesetzt hast!"

Bötjer antwortete nicht, obwohl er bei Bewusstsein war, Lydia konnte in sein Gesicht sehen. Der Mann musste wahnsinnig sein vor Angst, und brachte wohl deswegen keinen Ton heraus.

Sie nahm alle Energie zusammen und versuchte, den Mann zu bewegen, von seinem schrecklichen Vorhaben abzulassen.

„Warum lassen sie es nicht dabei bewenden, wir wissen ja jetzt Bescheid und ich bin sicher, Bötjer wird das, was er getan hat, eingestehen. Sie brauchen sich also nicht mit einem weiteren Mord zu belasten."

Anstatt einer Antwort drückte Mirchow wieder auf den Knopf, und Bötjers Körper sackte noch ein Stück tiefer.

Jetzt waren es wohl gerade noch zehn Zentimeter bis zum Säurespiegel. Wie von Ferne drang die Stimme des Mannes in ihr Bewusstsein, sie glaubte zu ersticken.

„Was soll das, sie wissen doch genau, nachdem was sie über mich herausgefunden haben, dass ich das hier zu Ende bringen werde. Es tut mir um niemanden leid, außer um sie, das können Sie mir glauben."

Lydia konnte nur noch denken: „Was für eine Ironie!"

Plötzlich fiel ein Schuss, sie sah wie der Mann nach hinten weg fiel und erwartete, dass Bötjer jetzt in das Becken eintauchen würde. Doch der blieb nach einem kurzen Ruck unmittelbar über der Säureoberfläche hängen. Dann sah sie wie eine Person ihren Fuß im Nacken von Mirchow hatte, ihm Handschellen anlegte,

und seinen Körper etwas zur Seite schob, um an den Bedienungsknopf des Kranes zu kommen. Anschließend holte der
Unbekannte Bötjer vorsichtig neben dem Becken auf den Boden
herunter. Dann drehte er sich zu ihr herum und zog eine Sturm-
maske vom Kopf.

Es war der Abteilungsleiter, der jetzt auf sie zu kam, ihr die
Fesseln abnahm und sie festhielt, denn ihr sackten die Beine
weg.
Er fing sie auf, setzte sie auf eine Bank und beugte sich über
Rene.
   „Der Junge lebt, hat Glück gehabt!"
Dann rief er den Rettungsdienst und vergewisserte sich, dass das
MEK gleich hier sein musste.
Er setzte sich neben sie und nahm sie in den Arm. Sie freute sich
über diese Geste, lehnte sich an ihn und fing hemmungslos an zu
weinen.
So löste sich langsam der Krampf, der sie die ganze Zeit über ge-
fangengehalten hatte, und sie gewann ihre Fassung zurück.
Dann sah sie nach Rene, der immer noch ohne Bewusstsein war.
Während sie auf das MEK warteten fragte sie den Abteilungs-
leiter, warum er so schnell hier sein konnte.
Er antwortete mit einem Lächeln:
   „Sie erinnern sich an den Dialog, den wir geführt haben, als
wir die Verhaltensweisen der möglichen Beteiligten durchgegan-
gen sind. Ich habe dabei gesagt, dass man sich immer in die Lage
des Betroffenen versetzen muss.
Als Sie dann vorschlugen das Gelände im Hafen als mögliches
Tatgebiet zu betrachten, und wir die Leute hier abgezogen haben, dachte ich mir, dass das von Mirchow genau so gewollt war;

deshalb war ich rechtzeitig hier. Mirchow hat zwar mit Ihnen gerechnet, aber nicht mit mir, das war unser Glück!"

Lydia blickte ihn mit offenem Mund an, konnte aber nichts weiter als ein „Danke" hervorbringen.

Er antwortete nicht, strich ihr übers Haar und sagte nur:

„Kümmern Sie sich um Rene, der braucht Sie jetzt, und dann macht ihr Euch zusammen einen schönen Tag. Das hatten Sie sich doch vorgenommen, oder nicht?"

*****